致死量の恋情

春日部こみと

イースト・プレス

contents

1　忌子《いみご》

――なんだか寂《さび》れた村。

父であるニュンベルグ辺境伯、ギルベルト・フォン・ニュンベルグと共に訪れた村で、アマーリエはそんなことを思った。

アマーリエたちは、国の北にあるマレネー山脈の麓《ふもと》にある小さな村『クレ・エ・ジーア』へ視察に来ていた。この付近には、ニュンベルグ地方唯一の水源である大きな湧水《わきみず》の湖、ユーリア湖がある。山脈と湖に挟まれるようにしてひっそりとあるこの村の名は、古代の言葉で『神の力』という意味を持っている。

なにやら大層な名前であるが、実際は人も建物も随分《ずいぶん》と古ぼけた印象の小さな村だった。若者は村を出て行ってしまったのか年寄りが多く、幼い子供の姿はほとんどない。

自分と同じ年頃の子供がいたら遊ぼうと目論《もくろ》んでいたアマーリエは、酷《ひど》くがっかりさせられた。

父はこのニュンベルグの地に赴任《ふにん》した直後から、領土を視察して回っていた。嫡子にして唯一の子であるアマーリエをその視察に同伴《どうはん》するのは、もはや慣例となっている。

まだ十歳の、しかも曲がりなりにも貴族の令嬢をとアマーリエの乳母《うば》などは眉を顰《ひそ》めるが、当のアマーリエはそれを楽しんでいた。

大人の仕事に同行するなど、子供であれば駄々《だだ》を捏《こ》ねそうなものだが、アマーリエはそうではなかった。それどころか、わくわくと胸を躍《おど》らせてすらいた。

生まれてすぐに母親を亡くしたアマーリエは、軍人である父の男手一つで育てられたせいか、刺繍《ししゅう》や詩の朗読と言った楚々《そそ》としたことが苦手である。女性らしいどころか、ここに来る前は、父の部下である若い騎士たちに交ざり、喜々として剣術や馬術の稽古《けいこ》に勤《いそ》しんでいた。そして幸か不幸か、父譲りの武の才能があった。

『大きくなったらお父様のような騎士になるわ！』

などと翡翠《ひすい》色の大きな瞳をキラキラさせて言うアマーリエに、乳母であるハンナは盛大な溜め息を吐いたが、父は相好《そうごう》を崩すばかりだった。

なぜなら、父自身、アマーリエを他家へ嫁《とつ》がせる気は毛頭《もうとう》ないからだ。

この国では女性にも爵位の継承を認めている。

愛妻家として有名であった父は、母亡き後、新たに妻を娶《めと》ろうとせず、子はアマーリエ一人となってしまった。つまり、父はアマーリエを跡継ぎにと考えているのだ。

男相手でも引けを取らない女性に育てるため、幼い頃より剣術馬術のみならず、歴史や政治といった学問まで、男子と変わらぬ教育を施《ほどこ》していた。

ハンナは渋面《じゅうめん》を作るが、アマーリエはそういった父の期待が嬉しかった。もともと活発な性質で、身体を動かすことが好きだったのも大きな要因だろう。

だから、これまで土立騎士団の団長を務めていた父が、ある事件をきっかけにニュンベルグ辺境伯に就任し、煌《きら》びやかな王都を離れると聞いた時も、ちっとも哀しくはなかった。

『英雄ギルベルトのじゃじゃ馬令嬢』

それが王都でつけられたアマーリエの二つ名だ。

ふふ、とアマーリエは笑った。まさにそのとおりだと、我ながら思う。

何もできないおしとやかな令嬢などではいたくない。

じゃじゃ馬令嬢——そのとおり。

王都ではおかしな娘と奇異の眼で見られてきた。同年代の子供は、誰もアマーリエに近づこうとしなかった。

それが気にならなかったと言ったら嘘になる。

淋《さび》しかったし、窮屈《きゅうくつ》な思いをしてきたが、それを見ないようにしていたのだ。

だが、今度のニュンベルグでは、王都ほどとやかく言う人間は多くない。

——きっともっと自分らしく、のびやかでいられるわ。

そして、新たな土地は新たな出会いも運んできてくれるだろう。

おかしな娘だと遠巻きにしたりせず、そのままのアマーリエと友達になってくれる誰かに、きっと出会えるはずだ。

アマーリエは期待に胸を膨《ふく》らませ、父の視察について回っていた。

それなのに、今回の村のこの有様《ありさま》だ。

――遊び相手なんかいなさそう。

唇を尖《とが》らせて辺りを見回していると、灰色の外套《がいとう》ですっぽりと身を覆《おお》った老婆が、何か餌《えさ》のようなものを入れた器を持ってどこかへ行くのが見えた。

――犬か何かかしら？

山羊《やぎ》や牛ならば草を持っていくだろうが、遠目から見た器の中身は草のようではなかった。

きっと村人が犬か猫でも飼っているのだろう。

――遊び相手がいないんだもの。犬と遊んでいましょう！

思いついた妙案《みょうあん》に、アマーリエはすぐさま飛びつき、行動に移した。

父とその腹心であるブルーノ・メスナーが、古びた建物から出て来た村長たちと話を始めたのをいいことに、こっそりとその場を離れ、先ほどの老婆の後を追う。

老婆は思いのほか足が速かったようで、小走りで追いかけたがなかなか追いつけなかった。

どうやら村の外れまで来てしまったようだが、灰色の後ろ姿はどこにも見えない。

「迷ってしまったのかしら……？」

少し不安になって辺りをキョロキョロと窺っていると、森へと向かう道の脇に、もう一つ細い獣道《けものみち》が見えた。

「あら、素敵！」

まるで物語の中に出てくる、魔法使いの住《す》み処《か》へ続く道のようだ。

魔法使いの選んだ人間にしか見えない、不思議な道。

まるで自分が物語の主人公にでもなった気分で、アマーリエはその脇道に足を踏み入れた。

そこは人一人が歩けるほどの道幅の狭い獣道ではあったが、確かに人の通った痕跡《こんせき》があった。道の土は踏み固められていたし、毎日踏まれているのか雑草が生えていない。

「ふふ、本当に秘密の道ね！」

いったい誰が通っているのだろうかと空想しながら先へ行くと、いきなり一気に視界が開けた。

「わ……！」

そこは花畑のようだった。

背の高い常緑樹に囲まれるようにして、小さな白い花が一面に咲き乱れている。

まるで森の一部を切り取りこの花畑にすげ替えたかのような光景を、アマーリエは呆気に取られて眺めた。

明らかに人工的に作られた花畑だ。

その奥には、石造りの古ぼけた建物があった。造りが教会のようにも見える。

「どうしてこんなところに花畑を？　それに、あの建物……」

森の中に突如現れた花畑。そして教会――人が住むには大きく、温かみも色もない簡素すぎる建物。

素敵だとは思うが、『魔法使いが』などと本気で考えるほど、アマーリエは子供じみていない。それは家督《かとく》を継ぐ者として、幼い頃より父から理論的にものを考えるよう躾《しつ》けられているせいであるが、この時もアマーリエはまずこの花畑の不自然さを訝《いぶか》しんだ。

物事にはすべて理由がある。特に、それが人の手によるものであれば、なおさら。

花畑は主に人の目を楽しませるためのもの。だがこの花畑は人目を避けるように作られている。

「……もしかして、作物なのかしら？」

これが花畑ではなく作物畑であるなら、少しは納得がいく。

税の取り立てが厳しすぎるあまり、こっそりと作物を作る領民がいると家庭教師から学んだからだ。前ニュンベルグ辺境伯ヨアヒム・アウスレインは領民からの評判はよくなかったようだし、それどころか王族に反旗を翻《ひるがえ》した大罪人だ。数か月前、突如王城に奇襲をしかけ、王と王妃、そして王太子、第二王子まで虐殺《ぎゃくさつ》したのだ。

このエルトリアという国において、ニュンベルグ辺境伯は非常に重要な立場に置かれている。

この国は、隣接する三国に囲まれているが、北にはマレネー山脈、西には大河、南は海によって他国の侵入を阻《はば》むことができており、唯一の入口となるのが、東の辺境ニュンベルグ地方なのである。

そしてその要《かなめ》の地ニュンベルグで、建国のころより神懸《かみが》かり的な強さで敵国の足を止め、侵略《しんりゃく》から護ってきたのが、『護国《ごこく》の神壁《しんぺき》』ニュンベルグ国境警備軍であり、その国境警備軍の将軍を務めるのが、ニュンベルグ辺境伯なのだ。

代々王は、建国よりニュンベルグ辺境伯を務めてきたアウスレイン家を尊《とうと》び、アウスレイン家もまた王に忠誠を誓ってきた。

『王』と『神壁』は、確固たる絆《きずな》で結ばれ、決して綻《ほころ》びるはずのない関係であったのだ。

――これまでは。

前ニュンベルグ辺境伯であるヨアヒム・アウスレインは、反逆というかたちでこれを根底から覆《くつがえ》してしまった。

だがその天下が続いたのはわずか一週間であった。

アマーリエの父率《ひき》いる王立騎士団が、当時隣国に留学していた第三王子フリードリヒを旗印に掲げ、ヨアヒムを逆賊とし討伐《とうばつ》したからだ。

ヨアヒムは勿論《もちろん》のこと、アウスレイン一族はすべて極刑《きょっけい》となった。

父は功績を認められ、新たに王となった第三王子――フリードリヒ三世により、褒美《ほうび》として新たなニュンベルグ辺境伯に任じられたのだ。

王立騎士団の団長であったとはいえ、子爵家の次男で、一介の騎士に過ぎなかった父が、爵位をいただいたのだ。大出世と言える。

父がニュンベルグ辺境伯、そしてニュンベルグ国境警備軍の将軍となり、ギルベルト・フォン・ニュンベルグを名乗るようになったのはついひと月前だ。

ニュンベルグへやって来てから、アマーリエは自分と同じ年頃の子供たちを見つけては、一緒に遊んで交流を深めようとしてきた。しかし、これまでの領主の横暴に領民たちはすっかり怯《おび》えてしまっており、新たな領主の一人娘であるアマーリエに、自分たちの子をなかなか近づけようとしなかった。

――がっかりだわ。

嘆《なげ》く娘に、父は苦く笑って、ぽん、と小さな頭に手を置いた。

『急いてはいけない、アマーリエ。我々が対するのは、民であり、人だ。一度硬くなった人の心は、そう簡単には解《と》けないものだ。根気強く接し、彼らに、我々もまた人だということを理解してもらわなくてはならない。そしてそのためには、我々は常に公正で誠実であらねばならない。分かるな？』

尊敬する父の言葉に、アマーリエはしっかりと頷いた。

領主と民。統べる者と従う者。

対極の存在であるけれども、どちらも人だ。役割が違うだけ。けれど役割が違うからこそ、統べる者としての役割をアマーリエたちは果たさなくてはならない。民が領主に忠誠を尽くすのと同様に、忠誠を尽くすに足る主であると認めてもらわなくてはならない。

そう分かってはいても、まだ十歳のアマーリエには自分が孤独であることの淋しさを呑み込めずにいた。

だから新しい村や町へ視察に行くたび、同年代の子供の姿を捜《さが》してしまうのだ。

だが、今回のこの村は特に酷かった。

子供の姿がないだけでない。寂れ方が他の村に比べて甚《はなは》だしいというか、建物の様子や村人の服装などが酷く古めかしい。まるで百年前からこの村だけ時の流れに取り残された、といった感じだ。そして村人の様子も他に増して頑《かたく》なだ。

「排他的《はいた》、というやつかしら」

家庭教師から習ったばかりの単語を思い浮かべ、アマーリエは独《ひと》り言《ご》ちる。

排他的な寂れた村。

その中にある、隠された畑。

――何かありそう。

思いがけない謎解き問題を示されたようで、アマーリエはわくわくしてきた。

その時、ガタリと物音がして、アマーリエは咄嗟《とっさ》に近くの木の後ろに身を隠す。

物音を立てないように注意しつつ、そっと木の向こうを窺えば、石造りの教会から灰色の外套を着た人物が出てくるところだった。遠目ではあるがその顔を初めて真っ向から見て、アマーリエは、あっ、と小さく声を上げた。

——老婆じゃない！

頭まですっぽりと被るローブを着、猫背であったせいで老婆に見えた人物は、正面から見れば痩《や》せた若い男だった。しかも骨張った陰気な顔をしている。

男は無表情に扉に木の閂《かんぬき》をかけると、獣道を村の方向へ戻って行った。

「……追いつけないわけだわ」

アマーリエは男の後ろ姿が見えなくなるのを待ってから、言葉を発した。

男は随分と足が速かった。老婆ではないから当たり前と言えば当たり前だが。

「あの人、来る時に持っていた餌、持ってなかったわね」

ということは、あの建物の中に、何かの動物が飼育されているのだろう。

アマーリエは首を伸ばして道の向こうを見遣り、男が戻ってこないことを確認すると、タッと建物の方に駆け出した。

幸い閂は、子供の手でも外せるような重さだった。それでも両手を使って「よいしょ」と掛け声を呟《つぶや》きながらそれを外すと、ドキドキしながらそっと重い木の扉を開いた。

ギュイ、と獣が潰された時のような音が立った。

中は薄暗く、石造りのせいか空気がひんやりとしている。明かり取りの窓から射し込む光に、埃がキラキラと光った。

つんとした薬草のような匂いがして、アマーリエは顔を顰める。

そこは教会ではなかった。祭壇もなければ、祈禱場《きとうば》もない。扉を開けてすぐに、広い台所のような水場があった。かまどには大鍋が置かれていて、乾燥した何かの植物が壁に吊《つる》されている。

その奥に木製の大きな檻があり、中に白っぽい金色の毛が見えた。

やはり動物が飼われているのだ、と近づいて、アマーリエは息を呑んだ。

白金の毛と共に見えたのは、痩せて棒のような四肢だった。

その手足は、紛れもなく、人の形をしていた。

「えっ……!?」

檻の中にいたのは、動物ではなかった。

痩せて傷だらけの、裸の人間だった。

身を丸くして蹲《うずくま》るその足首には、足枷が見えた。その鎖の先は檻に繋がれている。

「どういうこと……!?　信じられない!!」

アマーリエは目の前の光景が信じられず、同時に、目の前が真っ赤になるほどの怒りを覚えた。

中の人間は、アマーリエと同じ年頃の少年だった。

――人間に足枷をつけ、裸のまま、獣同然に檻に繋ぐなんて！

なんという非道！

確かに奴隷《どれい》という立場の人たちがいるのは知っている。けれどこの国はそれを禁止しているし、アマーリエも父や家庭教師から決して許されない不徳義《ふとくぎ》だと習った。

怒りに身を震わせながら、アマーリエはすぐさま檻に駆け寄り、中の少年に話しかけた。

「あなた、大丈夫？　今すぐにここから出してあげるから！」

檻の中で身を護るように膝に突っ伏している少年は、ゆるく顔を上げ、視線をアマーリエに当てた。その琥珀色の瞳があまりに透き通って美しく、アマーリエは思わず目を瞠《みは》る。

無垢《むく》な瞳だった――いや、何も望まない、絶望の瞳なのかもしれない。

透明な眼差しは、けれどこちらを射るような凄《すご》みがあり、アマーリエがこれまで見たこともないほど、強いものに思えた。

ごくりと唾を飲んで、アマーリエは改めて少年を観察した。

白金の髪は伸び放題でぼさぼさ、その中にある小さな顔は痩せこけて、琥珀色の目だけが大きく炯々《けいけい》としている。

骨と皮だけのような身体は裸で、土や埃、そして血の痕《あと》で薄汚れている。虐待されているのか、手首や二の腕、足首などには刃物で何度も切りつけられたような痛々しい傷痕、そして青黒い内出血があり、アマーリエは眉を顰めた。

「あなた、名前は？」

アマーリエが問うが、少年は薄く笑ってふるりと首を左右に振ってみせた。わずかに細められたその瞳からは先ほどアマーリエを怯ませた強さが消失し、アマーリエは咄嗟に叫んだ。

「ダメよ！」

彼が何に対して首を振ったのか分からなかったが、アマーリエは彼のその否定を覆したかった。原因の分からない焦燥《しょうそう》に駆られ、檻の隙間《すきま》から手を伸ばす。まだ子供であるアマーリエの手は通ったが、それでも肘《ひじ》の関節まで止まってしまい、彼には届かなかった。

少年は驚いたように目を丸くして、自分へ伸ばされたアマーリエの手を見つめている。

「あなたも手を伸ばして！　私の手を取るの！」

檻の中に突っ込んだ手を動かしてそう怒鳴《どな》れば、彼はアマーリエの顔と手を何度も見比べた後、おずおずと自分の手を伸ばしてきた。

痩せて骨張った彼の手は、アマーリエのそれよりもずっと小さかった。

血がこびりつき薄汚れたその手を、アマーリエはしっかりと握った。そしてまだビックリした顔でいる彼のきれいな目を見据え、ゆっくりと喋《しゃべ》った。

「いい？　私はあなたをここから必ず出すわ。絶対に助け出してあげる！」

少年は大きな目でアマーリエを見た。

瞠られた透き通った琥珀。それがゆらりと揺らいだ。

諦め――いや、知らなかった希望を、初めて知った、そんな目だとアマーリエは思った。

「ここから出してあげる。必ずよ」

彼の双眸《そうぼう》を、己の翠《みどり》の双眸でしっかりと受け止め、アマーリエはもう一度誓った。

彼は頷かなかった。もしかしたら、言葉が分からないのかもしれない。

それでもいい。アマーリエは、ただ彼に誓いたかった。そして自分の力を信じたかった。

まだ食い入るように自分を見つめたままの彼に、アマーリエは一生懸命微笑んだ。

「ここを出たら、一緒に遊びましょう。一緒にお腹いっぱいおやつを食べて、勉強するの。きっとお父様もいいって言うわ。私のお父様、ちょっと顔が怖いけど、とっても優しい方なのよ。……ねぇ、私、ずっと友達が欲しかったの。あなた、私の友達になってくれる？」

首を傾げて尋ねれば、なぜか涙が零《こぼ》れた。

――彼を助けたい。

今までこんなに強い思いを持ったことなどなかった。

自分の中にこんなにも強い願望があるなんて、知らなかった。

何かを強く望んで、涙が零れるなんて、知らなかった。

彼はアマーリエの涙を不思議そうに眺め、それから腕を伸ばしてアマーリエの顔に触れようとした。当然ながらその動きは檻に阻まれる。

かつん、と指が檻に当たった音に、彼は眉を顰めた。

初めて彼の表情が大きく動いたことに酷く心を動かされて、アマーリエはなぜだか笑いが込み上げてきた。クスクスと笑う彼女に、彼はまた不思議そうにして手を伸ばした。

檻から伸ばされた手に、アマーリエは頰を寄せ、自分の手を重ねる。

硬く冷たい手だった。わずかに錆《さび》のような匂いがした。

片手を檻の中で握り合い、もう片方の手を檻の外で重ね合う。

それは、不自然で歪《いびつ》な、それでも二人の初めての抱擁《ほうよう》だった。

「私はアマーリエよ。あなたは……」

言い淀《よど》んで、アマーリエは彼を見つめた。

澄んだ琥珀色の双眸が、まっすぐにアマーリエに向けられていた。

彼は名がないのかもしれない。仮にあったとしても、獣のように繋がれ、人に非《あし》ずといわんばかりに飼われていた時の汚らわしい名など、もう不要だ。

「あなたの名は、エリク。強くて美しい、神の御使《みつか》いの名前よ。あなたにぴったりだわ」

白金の髪に金の眼の雄々しい神の御使いを思い浮かべ、アマーリエは彼に名をつける。

そう、彼に相応しい名だ。これほどの苦難に晒《さら》されていながら、それでも透明さを失わないでいられた、彼の強さ。それは誇っていいものだと、アマーリエは思った。

すると、彼が初めて声を発した。

「エリク……」

痛々しいほどに細い喉から出たとは思えないほど、高く澄んだ声だった。

嬉しくて、アマーリエは顔をくしゃくしゃにして笑った。

「そう、エリク。あなたの名よ」

指で彼を差してそう繰り返せば、彼もまた自分を差して繰り返す。

「エリク」

「そう、エリク」

すると彼は自分を差していた指を、すい、とアマーリエに向けた。その意味を解したアマーリエは、ゆっくりと頷いて答えた。

「アマーリエ。私は、アマーリエよ」

「ア、マー、リエ……アマーリエ」

一音一音、まるで宝物のように大切そうに自分の名を口にする少年に、アマーリエは泣き喚《わめ》きたい衝動に駆られた。

——どうして、彼がこんな目に。

こんなに無垢な少年が、なぜ無体《むたい》を強《し》いられるのか。

抱き締めたかった。今すぐこの忌々しい檻から出して、その折れそうな身を抱き、温めてあげたい。

——そのためには。

アマーリエは差されたその指を取り、誓うようにそっと口づけた。

「すぐに戻って来るわ。待ってて、エリク」

そう言い置いて、すっくと立ち上がった。やるべきことを成すために。

アマーリエはエリクを檻に残し、ひとまず村の中心へ駆け戻った。

檻には錠《じょう》がかけられていて、当然だったが鍵はなかった。小娘一人には何の力もない。

エリクを助けるには、父の力を借りるしかない。

「お父様！」

丁度村長との話が終わったのか、村で一番大きな家屋から、父であるギルベルトとその腹心ブルーノが出てきたところに、アマーリエは駆け寄った。

息せき切って飛びついてきた娘に、父は驚いていたものの、しっかりとその身を受け止めてくれた。

「どうした、アマーリエ。今までどこへ行っていた？」

「お願いです。一緒に来てほしいところがあるのです！」

質問には答えず、早口で要求だけを述べる娘に、父は眉を顰めた。

上に立つ者としての教育を幼い頃から施されてきたアマーリエは、その甲斐あってか、礼儀から逸脱するようなことをしたことがない。こんなふうに、子供の我《わ》が儘《まま》のように、性急に何かを乞《こ》うなどという振るまいに、だからこそギルベルトは何か異変があったのだとすぐさま察したようだった。

ギルベルトが目配せすれば、主君の娘をよく知るブルーノもまた、無言で小さく頷いた。

「分かった。どこへ行けばいい？」

一言の疑問もなく了承されたことに一瞬目を瞠ったものの、アマーリエは唇の端《はし》を引き結んだ顔で、「こっちです！」と再び駆け出した。

「お待ちください！」

けれどそこでしわがれた鋭い声が飛んだ。

声の主は、先ほどまで談笑していた村長だった。皺《しわ》だらけの顔を強張《こわば》らせ、蒼白な顔色をしていた。見れば、周囲の村人たちも狼狽《ろうばい》の色を隠せていない。

ギルベルトとブルーノは、瞬時にこの村にはよからぬものが存在するのだと確信を持った。

「すまないな、村長。我が娘は好奇心旺盛《おうせい》でなぁ。行ってやれば気が済むから、少々待っていてくれ」

娘を溺愛《できあい》する父親そのもののようにそう言い置くと、相手に反論を許す間もなく、娘の後を追って駆け出した。

「なりません！　御領主!!　ええい、お前たち、突っ立っておらず、止めぬか！」

唾を飛ばして恫喝《どうかつ》する声を背後に聞きながら、ギルベルトは笑った。その隣に並んだブルーノが、息を切らすこともなく、ボソリと呟いた。

「アマーリエ様は、この村の改めるべき何かを見つけられたようですね」

ギルベルトは肩を竦《すく》めた。

「あれは実に鼻が利《き》くようだ」

「統率者の才覚がおありですよ。あなたと同じだ」

部下の言葉に、ふは、と笑い声を漏《も》らすと、前を野うさぎのように駆ける娘を抱き上げた。

「ひゃあ！　お父様、私、自分で走れるわ！」

「そら、方角を言え、アマーリエ！　早くせねば、あの連中に追いつかれるぞ！」

不満そうに叫んだ負けず嫌いの娘も、背後から村人たちが追いかけてくるのが見えたのだろう、口を噤《つぐ》んで指示を出した。

「このまままっすぐ！　もう少し行くと、左へと入っていける隠された獣道があります！」

ハキハキと通る声に、まるで馬上で指揮を執《と》る将軍のようではないかと、内心親ばか丸出しでほくそ笑む父をよそに、アマーリエは急いていた。

あのヨボヨボとした村人たちが、鍛《きた》え上げられた軍人である父とブルーノに敵《かな》うはずもないと分かってはいるが、それでも一秒でも早くエリクのもとへ行きたかった。

「お父様、もっと速く！　あの子が……エリクが待っているの！」

「エリク？」

唐突に出された聞き覚えのない名に首を傾げながらも、ギルベルトは娘の哀願に応えるように速さを上げた。

やがてアマーリエの言葉どおりに獣道が現れ、その先に花畑と古ぼけた教会のような建物を認めて、ギルベルトとブルーノは軍人の嗅覚《きゅうかく》で、そのキナ臭さを嗅《か》ぎ取った。

「これは、また……」

ギルベルトが半ば呆気に取られて足を止めると、隣にいたブルーノがしゃがみ込んで畑の花を調べ始めた。

「……デルーマという野草によく似ていますが……」

「デルーマとは、その辺によく生えている雑草の？」

「ええ。この炎のような形の葉、恐らくデルーマか、違っていてもその亜種《あしゅ》でしょうな」

ブルーノは薬師の家の出で、幼い頃から手伝いをさせられていたらしく、植物には非常に詳しい。

「少し葉の大きさが小さい気もしますが……。しかしどこにでも生えているこの植物を、このように畑にしているのは初めて見ますな。何か用途があるのでしょうが……」

大人二人で話し出したので、アマーリエは慌てて身を捩《よじ》って父の腕から逃れた。気づいたギルベルトがすぐに下ろしてくれたので、アマーリエはその手を取って建物へと導く。

「こっち！」

「お、おお！」

閂は外れたままになっており、重い扉を軋《きし》ませて中に入ると、アマーリエは一目散に檻の前へと駆け寄った。

「エリク！」

娘が檻の中に迷わず手を突っ込もうとしているのを見て、止めようとしたギルベルトは、しかし制止の声を上げることはできなかった。

「おい……！　なんてことだ！」

「なんと惨《むご》いことを！」

檻の中にいるのが、まだいとけない裸の子供であることを知って、二人の男は同時に憤《ふん》怒《ぬ》し、嘆いた。その子供の身体には無数の切り傷や痣《あざ》があり、その異常な痩せ方から虐待に遭っていることは明らかだった。

「お父様、お願いです！　エリクをここから出してあげて！」

翠の目に涙を浮かべ懇願する娘に、ギルベルトはすぐさま首肯した。

「無論だ！　こんな非道は許されない！　ブルーノ！」

「はい」

主人の意を解《かい》した腹心が、腰に差した剣をスラリと抜いた。抜き身の刃の鋭さに、アマーリエはギクリと怯んだ。しかし当たり前だがそれはアマーリエではなく、檻につけられた太く頑丈《がんじょう》そうな木製の錠へと振るわれた。いくら頑丈そうであっても、しょせん木だ。鋼の前にはあっさりと破れ、錠は真っ二つになってゴトリと床に落ちた。

扉を開き、アマーリエは躊躇《ちゅうちょ》せずに中へ飛び込んだ。

「エリク！」

刃物に怯えたのか、エリクは細い身体を更に縮こめて丸まっている。抱え込むようにして抱きついたアマーリエにさえも、最初はビクリと身を震わせ、目を合わせようとしなかった。

アマーリエは自分の外套を脱ぐと、彼の身にそっとかけ、その上から薄い身体を抱き締め直す。彼の身の強張りが解けるよう、できるだけ優しく背を擦りながら囁《ささや》いた。

「エリク……もう大丈夫よ。ここを出て、私と一緒に行きましょう」

大丈夫、大丈夫と何度も繰り返していくうちに、ようやく腕の中のエリクが力を抜きかけて恐る恐るアマーリエを見上げた、その時だった。

「忌子《いみご》を檻から出してはならぬ！　それは呪われた子供なのだ！」

しわがれた怒声が建物の中に響き、その途端、エリクがまた身体を強張らせたのが分かった。

アマーリエは舌打ちしたい気持ちで、声の飛んできた方向を睨《にら》みつけた。

そこには予想どおり、陰気な顔をした村人たちと、その中心にあの皺だらけの村長が立っていた。村長はこれまでのおもねるような態度を一変させ、父に対しても居丈高《いたけだか》な物言いで喚き散らしてきた。

「いくら領主とて、この村のことはこの村の掟に従ってもらおう！　その子供をそこより出してはならぬ！　それは呪われし忌子なのだ！　見よ、その不気味な目を！　細長い瞳《どう》孔《こう》なんぞ蛇《へび》や蜥蜴《とかげ》と同じではないか！　呪われている証拠だ！」

――細長い瞳孔？

アマーリエは驚いて腕の中のエリクを見下ろした。

先ほども彼の瞳を見たが、美しい琥珀色に見惚《みと》れこそすれ、そこに違和感はなかった。

そして今も透き通った琥珀色の中心に黒く丸い瞳孔があるだけだ。

父とブルーノがこちらを見ていることに気がついたので、アマーリエは軽く首を振って否定を示す。それを確認すると、父は村長に向き直って肩を竦めた。

「いたって普通の目のようだが？」

「たわけ者め！　ここが薄暗いところだからに決まっておろう！　そやつの目は光の射すところで細くなるのよ！」

唾を飛ばしながら恫喝する村長に、けれど父は「なるほど」と顎《あご》に手をやって呟いただけだった。

「猫と同じ道理なわけか」

「猫ではない！　そやつは悪魔よ！」

「ほぅ？　お前は悪魔を見たことがあるのか？」

またも嘲笑《あざわら》うように返したギルベルトに、村長は「なんだ‼」と更に声を荒《あら》らげた。だが父は意に介さず、村長に喋る隙を与えず続けた。

「私はあるぞ。戦場にはうようよしているからな。悪魔というのはな、このような幼気《いたいけ》な瞳をしていない。濁《にご》って血走り、ものを見通せぬ膜《まく》の張った目をしているのだ。丁度お前たちのように」

「ええい、黙れ黙れ！　その子供をそこから出せばすべてが呪われ、この村はおろか、ニュンベルグ、そして王国全土が朽ち果てるだろう！」

黄色い歯を剥き出しにして叫ぶ村長にギルベルトはこれまでの少しおどけた人当たりのよい態度を一変させ、傲然と顎を上げた。それは統べる者としての振る舞いそのものだった。

「愚《ぐ》にもつかぬことを」

突如醸し出されたギルベルトの統率者の風格に、村人たちがざわざわと狼狽を見せた。

ギルベルトは伊達《だて》や酔狂《すいきょう》で王立騎士団の団長をやってきたわけではなく、反乱軍を一週間で制圧した巨星である。その英雄の圧倒的な威圧感に、村人たちが気圧《けお》されるのは無理からぬことだった。

そんな中、村長だけは違っていた。

ギルベルトの威圧感にも恐れずギリギリと歯ぎしりをし、顔を真っ赤にして叫んだ。

「なんだと、この若造が！」

「呪いだの忌子だの、悪しき習わしが未だはびこっているとはな。瞳孔が細い？　それがどうした！　私は戦のたび、様々な場所へ行ったが、手足の極端に短い者、指の一本少ない者、鼻のない者など、多くの者を見てきた。世界は広い。多少見てくれの違った者くらい、ごまんといるのだ。それを忌子だと？　嘆かわしい！　罪なき子供を檻に入れ折檻《せっかん》することが掟だと!?　いかな子供であろうとも尊重されるべき人間だ！　家畜同然の仕打ちなど言語道断！　人を護るために定められるのが掟であろう！　同じ人を虐げる掟など、もはや掟である意味もない！　唾棄《だき》すべき因習である！」

高らかに宣言したギルベルトに、村長が鼻息荒く叫び返した。

「愚かな、新参者の辺境伯よ……！　何も知らぬよそ者が！　この秘された村の尊さも知らぬくせに！　この村の聖なる務めを貶《おとし》めるつもりか!!　我々は『神壁』そのもの！　我々の務めこそが護られるべきものなのだ！」

唸る村長に鼓舞されたのか、村人たちが、じり、と距離を詰めるように動いた。

だがそれをブルーノが見過ごすはずもない。音もなくスッと一歩踏み出し、父を護るように村人との間に立った。既に鞘から抜き放たれていた剣の切っ先が、ふぅっと小さな弧を描いて、やがてピタリと止まった。

王立騎士団の団長を務めていた父は大きな体躯をしているが、副団長であったブルーノは更に輪をかけて大きい。その巨体が剣を手に立ちはだかり、村人はまた気圧されたように後ずさった。

武人でもない一介の村人が何人束になったとしても、敵う相手ではない。

それを理解しないはど、村長もばかではなかったようだ。

犬のような唸り声を上げはしたが、それ以上抵抗しようとはしなかった。

父はそれに軽く頷くと、村人たちを睥睨《へいげい》して低く命じた。

「古き悪しき価値観は一掃せねばならぬ。私が来たからには、このような野蛮な習わしなど決して許さぬ。ニュンベルグ辺境伯として厳命する。この領内で、何人たりとも、人を家畜の如《ごと》く扱ってはならぬ！　違えれば、我が領地から追放とする。よいな！」

父のその言葉に、とうとう村長が身を翻した。

「呪われるがいい、愚かな辺境伯よ！　お前は何も知らずに、この国の『神壁』を打ち崩そうとしている！」

捨て台詞とばかりにそう叫ぶと、周囲に侍《はべ》る村人たちを引き連れて建物を出て行った。

静かになったあと、ブルーノが剣を携えたまま出口まで行き、外に待ち伏せなどいないことを確かめた後、父に手で合図する。それに頷き返して、父はアマーリエを見た。

「おいで。その子――エリクも連れて行くのだろう」

頼む前に自分の意を汲《く》んでくれていたことに驚きながらも、アマーリエは大きく頷いた。

「ありがとう、お父様！」

いつもならそこで飛びついてくるはずの娘が、その腕の中に少年を抱き締めているため、笑顔のみの返しとなり、ギルベルトは少し物足りなそうに眉を下げた。が、甲斐甲斐《かいがい》しく少年の面倒を見る娘を眺め、成り行き上拾うことになったこの少年が、どうやら娘の成長の一助となったようだと肩を竦めた。

アマーリエはエリクを抱えるようにして、父の後について建物を出た。

しかし出口の直前で、エリクが足を止めた。建物の外が怖いのか、ふるふると頭を振って足を出そうとしない。

アマーリエはエリクを抱き締める腕に力を込め、そっと囁きかけた。

「もう大丈夫よ、エリク。ここを出ましょう。ここを出て、私と一緒に行きましょう」

だがエリクは身体を強張らせたままで少しも動こうとしない。

アマーリエは俯いたエリクの顎を両手で包み込み、そっと上げさせた。

その顔を覗き込んで、アマーリエは息を呑んだ。

外の光の中で見たエリクの瞳は、金色に見えた。

そしてその中には、糸のように細い、縦長の瞳があったのだ。

「本当に、猫のようなのね！」

アマーリエの感嘆に、父も「どれどれ」と覗き込んでくる。

「おお、本当だ。随分珍しい瞳をしているな」

するとブルーノまで興味を誘われたのか、エリクの顔を見るために屈み込んだ。

「本当ですな。しかし、猫と同じならば、きっと夜目《よめ》が利き、昼には遠くまで見通せる。よい武人となりましょう。鍛え、アマーリエ様の騎士になさるとよいかもしれません」

「それはいいな。じゃじゃ馬令嬢に猫騎士か！　馬に猫と、なかなかに手強そうだ！」

「酷いわ、二人とも！」

大人二人が哄笑《こうしょう》する中、アマーリエは憤慨《ふんがい》して頬を膨らませたが、なんだかおかしくなって自分もまた噴き出してしまった。

すると腕の中で小さな声が上がった。

アマーリエが見下ろすと、こちらを見上げるエリクが、アマーリエの顔を見つめて笑っていたのだ。

「エリク……！」

初めて見たエリクの笑顔に、アマーリエは感極まった。

そのまま細い身体をぎゅっと抱き締めると、アマーリエは声を上げておんおんと泣き出してしまう。

張り詰めていたものが一気に解けてしまったせいもあったのだろう。自分では平気なつもりでいても、大人たちの緊迫した言い争いに、わずか十歳の娘が緊張しないわけがない。なかなか泣き止まないアマーリエに困った父とブルーノは、抱き抱えて連れて行こうとしたが、錯乱《さくらん》してしまったアマーリエはエリクから離れようとしなかった。

仕方なしにブルーノが子供二人を抱いて行くこととなり、後から父に随分とからかわれることとなるのだが、この時のアマーリエの心は、エリクと離されたくないという気持ちだけで一杯だったのだ。

アマーリエに痛いほどの力で抱き締められているのに、エリクは何の抵抗もなく寄り添っていたようで、それが母猫に抱かれる仔猫のようであったと、後にこれも父のからかいの種となる。

アマーリエとエリクの邂逅《かいこう》はこうして果たされたのであった。

2　小瓶

長い廊下を、緋色のドレスを翻して少女が走る。

ひらめくドレスの裾《すそ》から垣間見える足はすんなりと細く、まるで小鹿のようだ。

背中に梳き下ろした金の髪が揺れて、キラキラと光を反射している。

少女はくるりと振り返り、彼女のお供がちゃんとついてきているかを確認すると、はしゃいだ声で名を呼んで急かす。

「エリク！　ねぇエリク、早く来て！　こっちよ！」

エリクは微笑んだ。

自分の名を彼女に呼ばれるたび、胸の中に得も言われぬ温かな気持ちが湧き起こる。

それは彼女がつけてくれた、自分の名だ。

二年前のあの時まで、まるで獣のように――いや、獣そのものとして『飼われていた』、曖昧《あいまい》で醜悪なあの灰色の時間を、彼女は鮮烈《せんれつ》な翠の双眸で叩き割り、救い出してくれた。

そして言葉も知らず、名も持たなかった獣に、名を与えてくれた。

あの瞬間から、エリクの世界は色づき始めたのだ。

「アマーリエ」

エリクは彼女の名を口にする。

アマーリエ。それが彼女の名だ。

初めて世界をくれた人。

アマーリエはそれに応えるように笑って、しなやかな白い腕を伸ばして彼の手を取った。

「ほら、エリク、早く早く！　凄い物見つけたんだから！」

アマーリエは握った手を引っ張ってまた駆け出す。

楽しそうに輝く瞳の翠、頬の薄紅、野いちごのような唇の赤、揺れる髪の金——彼女は色合いも豊かにキラキラと煌めいている。

——きれいだ。

エリクはうっとりとアマーリエの色彩を楽しむ。

きれいだということを教えてくれたのも、アマーリエだった。夕焼けの空、満開の花、息吹き出す新緑、澄んだ湖、夜空に瞬く銀の星——それらを指差して、アマーリエは「きれいね、エリク。とてもきれい」と何度も囁いた。

——これが、『きれい』ということ。

自然の描く美を前にして心に湧き起こる不思議な感情を、エリクはなるほど、と受け止めた。けれど、とエリクは思った。

――この気持ちを『きれい』と言うなら、僕にとって一番『きれい』なのは、アマーリエだ。

彼女を形作るすべてのものが『きれい』。エリクにとって、アマーリエこそが、この世で一等きれいなものだった。きっと、これからも、この先も、ずっと変わらない。

眩しい気持ちで目を細めていたら、こちらを振り返ったアマーリエが眉を上げた。

「なぁに、にやにやして。思い出し笑い？」

「アマーリエがきれいだなって思ってたんだ」

思うままにそう答えれば、アマーリエは、また始まった、と呆れた顔をする。

エリクが事あるごとにきれいだと言うので、最初は照れていたアマーリエも、今では肩を竦めて受け流すようになっていた。

「だから、きれいっていうなら、エリクの方が数倍きれいよ」

これもまた何度も繰り返したやり取りだ。エリクがアマーリエをきれいと言い、返すアマーリエはエリクの方がきれいと言う。だがエリクは何度言われても納得がいかない。

「僕はきれいじゃない」

唇を引き結んで首を振れば、アマーリエはむぅっと唇を尖らせた。

「エリクはきれいよ！　その陽の光に溶けそうな白金の髪も、その金の瞳も！　顔だって、経典に描かれた神の御使いそのもの！　若いメイドだってみんなエリクをかっこいいって言ってるわ！」

確かにエリクは、色々な人から『これはまたかわいい顔だ』とか『美人だなぁ』などと言われることが多い。いわゆる『整った顔立ち』をしているらしい。

だが、自分ではそう感じたことはない。

「僕の顔はアマーリエみたいに表情豊かじゃないから、いつ鏡を見ても陰気くさい。白っぽい金の髪はまるで白髪だし。それにこの瞳は――」

言い淀んだエリクに、アマーリエはピタリと足を止めた。ぱしん、と音を立てて両手でエリクの頬を包むと、目を吊り上げてこちらを覗き込んでくる。

「私は好きよ！　エリクのその猫の瞳！」

猫の瞳――それは人とは違うエリクの特殊な瞳のことだ。建物の中や暗い場所では丸い瞳孔が、陽の光の中では猫のように細くなるのだ。瞳の色自体も、光の加減からか、琥珀から金へと変化する。

この邸《やしき》の人たちはもう慣れてくれたが、最初にこの瞳を見た時は、皆ギョッとしていた。中には『薄気味悪い』とあからさまな言葉を投げつけてくる者もいて、エリクは自分が人とは違うのだと自覚させられた。その者は、邸の主であるギルベルトからきつい叱責を受けて態度を改めたが、陰でエリクを悪し様《あざま》に言っているのを知っている。

だがエリクは彼らを責める気にはなれなかった。

エリク自身も、この瞳が好きではなかったから。

猫――人にあらざる、獣の眼だ。

それは、獣のように飼われていた、あの頃の烙印《らくいん》のようだ。どれほど人の真似《まね》をしてみても、しょせんお前は獣でしかないのだと、突きつけられているようで。

自分ですらそう思うのだ。他者が気味悪がるのは仕方ないだろう。

だが――。

エリクはこちらを挑むように睨みつけてくるアマーリエの双眸を見て微笑んだ。

「……うん。あなたが、そう言ってくれるなら。アマーリエ」

たとえ人でなくともいい。アマーリエが好きだと言ってくれるなら、獣のままだって。

頬を包んでくれるその手に自らの手を重ね、エリクはその白い掌《てのひら》に唇を寄せる。

その答えに満足したのか、アマーリエは怒りの表情を解いて、エリクのキスにくすぐったそうに声を立てた。

「ふふ……くすぐったい、エリク」

「好きだよ、アマーリエ。大好きだ」

ちゅ、ちゅ、と何度も手に口づけると、アマーリエもエリクの頬にキスをくれた。

「私もエリクが大好き。あなたを一目見た時から、私にとって一番大切な人だって分かったの。生きている限り、私があなたを嫌いになることなんてない。私の一番大切な人を貶《けな》すようなこと、たとえ本人であっても許さないわ。いいわね？」

「――ああ、アマーリエ……」

エリクはぎゅっと目を閉じた。

彼女の言葉に感極まってしまいそうだったから。

「ねぇ、アマーリエ。僕もだよ」

震える声で、エリクは言った。

エリクが泣きそうになっているのに気づいているのか、アマーリエがくすくす笑った。

「なにが？　エリク」

握っていたアマーリエの手が動き、指を絡めるようにして繋ぎ直される。

「僕も、あなたが一番大切だ。あなたを嫌いになど、絶対にならない――なれないよ」

この感情を何と呼ぶのか、エリクは知らない。

この絶大で、盲目的で、圧倒的な――幸福感を。

「じゃあ私たち、同じね！」

太陽みたいに笑ってアマーリエが言った。

それを眩しく見つめながら、でも、きっと同じじゃない、と思う。

アマーリエの言葉を疑う訳じゃない。けれど、自分がアマーリエを想う気持ちは、きっとアマーリエが自分を想う気持ちよりも、ずっと底がない。

アマーリエはエリクの世界そのものだ。アマーリエのためなら何だってする。何だってできる。アマーリエを失えば、エリクの世界はきっとまたあの灰色に戻る。灰色の、獣の世界に。

「ねぇ、早く行きましょう！　凄い物見つけたって言ったでしょう？　早く見せたいわ！」

焦《じ》れたように手を引くアマーリエに、エリクは素直に頷いた。

――繋いでいて。この手を、ずっと。

僕が獣に戻ってしまわないように。

哀願に、そっと瞼《まぶた》を閉じて蓋《ふた》をして、エリクは繋いだ手の温もりを、心に刻んだ。


アマーリエがエリクを導いたのは、意外な場所だった。

「図書室？」

そこはニュンベルグ辺境伯爵邸の中でも広い面積を取る部屋だ。

本好きなアマーリエは勿論、エリクも読書が好きだったので、毎日必ず訪れている場所だ。拾われてから、ニュンベルグ辺境伯の厚意で、アマーリエと同じ家庭教師をつけてもらったエリクは、学ぶことに貪欲だった。言葉、歴史、地理、政治――あらゆる知識を、まるでカラカラに乾いた海綿が水を吸収するように、勢いよく習得していった。知りたい、学びたいというのは、人間の本能的な欲求なのかもしれないが、それまで何一つ教えられてこなかったエリクは特にそれが強いのかもしれなかった。

「図書室で、何を見つけたの？」

エリクは小首を傾げて尋ねた。

この見慣れた場所に、変わった物などあっただろうか？

訝るエリクに、アマーリエはほくそ笑んで、こっちよ、と小声で囁いて手を引く。そこは図書室の最奥で、特に古く分厚い、アマーリエやエリクにはまだ読めない古語で書かれた書物の収納されている棚があった。紙が傷まないようになのか、陽が届かない、薄暗い場所だ。

「ここが？」

エリクが言えば、アマーリエは唇に指を当てて「しっ」と言った。

「静かに。秘密なんだから！」

「秘密？」

「そう。きっと、まだ誰も見つけてないはずだから、エリクと私だけの秘密なの！」

二人だけの秘密――エリクはその言葉に心が浮き立ってしまい、アマーリエの指示どおり声を潜めた。

「ここに何があるの？」

尋ねれば、アマーリエはにやりと笑う。その自慢げな表情に、エリクの頬に血が上った。

――かわいい。

「あのね、これ……この本を、退《ど》かすとね……」

アマーリエは最下段に陳列された大きな本を両手で引っ張り出す。

ずるり、と重い音を立てて本が引き摺り出され、アマーリエはそこにできた隙間を指差した。

「ふふ、この奥よ」

　見てみて、と促され、エリクは身を屈めてそこを覗き込んだ。薄暗く見づらかったが、しばらくすると目が慣れてきてハッキリと捉《とら》えることができた。

　エリクの瞳は、他の人間よりもよく見えるらしい。

「……あ、これは……取っ手？　鍵？」

　奥にあったのは、金属でできた取っ手のようなものだった。恐らくそれを引くのだろう。

「そう！　それを引くの！　引いてみて、エリク！」

　横から興奮を抑えられないような、わくわくとした声がかかる。

　どう考えても隠された物であるそれに、なにやら暴いてはならない秘密の予感がしたが、アマーリエの声には逆らえない。それだけでなく、エリク自身も好奇心に勝てなかった。

　言われたとおりにそれを引っ張ると、ガタン、と何かが外れる音がして、ギイ、と本棚が軋んだ。

「あっ……！」

　目の前の本棚の一列が、ぐらっと揺らいだように見えた。いや、実際に揺らいだのだ。

「……驚いたな……！」

　本棚が一列、後ろに引っ込むようなかたちで動いたのだ。それをそっと動かせば引き戸のように滑り、その奥に小部屋が現れた。

「そうでしょう！　凄いでしょう!?」

得意満面に言うアマーリエは、早く早く、と言って中に入った。

今まで——恐らく、アマーリエの父が辺境伯になってからは一度も開かれなかったのだろうそこは、酷く黴《かび》臭かった。他の部屋と比べると少し窮屈に感じられる空間に、古ぼけたライティングデスクと椅子があるだけ。ライティングデスクには羽根ペン、インク、そして手燭《てしょく》が置かれている。

窓のない部屋は、本棚の扉を閉め切ってしまうと真っ暗になってしまう。それを知って事前に用意してきていたのだろう。火口箱をドレスのポケットから出すと、アマーリエは中から道具を取り出した。手燭の傍にある小さな皿の上におが屑《くず》をのせ、その上で火打ち石と火打ち金をカチ、カチ、と数回打ち鳴らして火を点《つ》ける。

慣れた様子で一連の動作をするアマーリエを見つめながら、いつもながら上手だな、とエリクは感心する。アマーリエはエリクよりも上手く火を熾《おこ》せるし、学問は勿論、馬術も剣術もエリクよりも上手だ。

こんなふうに、自ら火を熾せる貴族の令嬢は珍しいらしい。エリクはアマーリエ以外の貴族の令嬢を知らないが、礼儀作法の家庭教師から聞いたところによれば、アマーリエは特殊な女の子らしい。次期ニュンベルグ辺境伯となるために、男子と同じ教育を受けているのだ。普通の貴族の令嬢は、アマーリエのように馬にも乗らなければ、男に交じって剣術の稽古もしないし、火だって点けられないそうだ。

エリクは、何でもできるアマーリエを誇らしく思う一方で、どこか悔しい気持ちがある。

エリクはアマーリエの騎士となるために、ニュンベルグ辺境伯からアマーリエと同じ教育を受けさせてもらっているのだ。ここに引き取られてから、これまでの成長不良を取り戻すかのように、エリクはすくすくと大きくなった。まともな食事を与えられていなかったせいか、最初は普通の固形食を食べることができなかった。食べてもすぐにお腹を壊してしまったのだ。それでも、邸の料理人が病人用の消化によい料理を作ってくれて、それで慣らしていく内に、普通の食事も食べられるようになり、今ではアマーリエの倍以上の量をペロリと平《たい》らげるようになっている。

それでも、体格はまだアマーリエと同じか、少し小さいくらいだ。

――早く僕がアマーリエを護れるようになりたい。

それは、なにも辺境伯から命じられたからではない。

アマーリエに必要とされる者でありたいからだ。

「エリク、扉を閉めて。誰か来たら、秘密じゃなくなっちゃう」

手燭に火が点き灯りを確保すると、アマーリエはきびきびと指示を出す。アマーリエに見惚れていたエリクは、ハッとして扉を閉めると、中はいよいよ暗くなった。

「さぁ、早速捜索開始よ！　この机の中に何があるか調べましょう！」

うきうきと言うアマーリエに、エリクは頷いてライティングデスクの抽斗《ひきだし》を開けた。

だが二人の捜索はすぐに終わってしまった。なぜなら、その抽斗の中には、ほんの少ししか物が入っていなかったからだ。抽斗の中にあったのは、炎のような絵の描かれた古い革張りの日記帳と、銀細工の蓋が付いたガラスの小瓶のみ。

深緑色の背表紙の日記帳は金属の鍵つきで、開けないようになっている。アマーリエが何とか開けられないものかと四苦八苦していたが、徒労《とろう》に終わった。

「なぁに？　拍子抜けだわ。宝石とか、短刀とか、何かの地図とか、もっと面白そうなものが出てくると思ったのに！」

アマーリエが頬を膨らませて手にした小瓶を振れば、シャラリと小さな音が立った。

「中に何か入ってる」

「本当だ。何だろう？」

小瓶を手燭にかざせば、中に黒っぽい小さな粒が入っているのが分かった。

「何かしら……何かの、種、かな？」

首を傾げてシャラシャラと小瓶を振るアマーリエの横で、エリクは食い入るようにしてその小さな瓶を見つめていた。

——どこかで、見たような気がする。

どこで、と問われれば、ハッキリとは答えられない、あやふやなものだ。

だが、今アマーリエの手の中にある物を、エリクは知っているような気がしてならない。

黙りこくって小瓶を凝視しているエリクに気づいたアマーリエが、きょとんとした顔でこちらを見返してきた。

「なぁに？　これが気に入ったの、エリク？」

「……あ、いや……なんだか、それを知っている気がして……」

「それって、この小瓶？」

「……多分……いや、分からない」

自分でも説明できない感情を持て余してそう答えれば、アマーリエはぷっと噴き出した。

「分からないって、自分のことでしょうに、なにそれ！」

くすくすと笑うアマーリエに、けれどエリクは苦笑を返すしかなかった。

「――僕は……僕という人間は、ずっと曖昧だったから……」

「……エリク？」

「それを、知っているかどうか、本当に分からないんだ。あの頃の記憶はすべて曖昧だから……。僕はあそこで、いないも同然だった。あいつらは僕の身体だけ必要で、中身はないものと扱われた。だから僕は自分が生きていて、そこに存在してるということすら、ずっと曖昧だったんだ」

記憶を探るように目を瞑《つむ》り、額に手をやれば、その手を摑まれた。

「あなたはここにいるわ」

強い口調に目を開けると、アマーリエのきつい眼差しがあり、息を呑んだ。

「おぞましい過去なんか、棄《す》ててしまえばいい。あなたは今ここにいる。私のエリクはここにいるの。私と共にある今がハッキリとしてれば、何の問題もないわ！」

「アマーリエ……」

「この瓶を知っていようがいまいが、エリクはエリクよ。私のエリク。そうでしょう？」

エリクは再び目を閉じた。

――そうなんだろうか。それでいいのだろうか。

自分が何者であっても、アマーリエは嫌うことはないと言ってくれた。

多分、その言葉に嘘はない。きっとアマーリエはそうなんだろう。

けれど、過去はなくならない。あの灰色の過去は。

――そうだ。僕は、怖いんだ。

あの曖昧だった過去、自分はどういう存在だったのか。

獣のように扱われていた。酷く痛めつけられ、血を流し、泣き叫んだこともあった。

だがそれらすべての記憶は灰色で、靄《もや》がかかったようなおぼろげなものだ。エリクの中で、記憶が初めて鮮明となったのは、アマーリエが現れてからだ。

それまでの自分がどんな存在であったのか――言い換えれば、なぜ自分はあそこで『飼われて』いたのか。必要のない者を、わざわざ家畜にしてまで養っておく理由はないだろう。エリクはあそこで、何らかの目的で飼われていたのだ。

それを、エリクは知らない。

知るのが怖い。知れば、アマーリエの傍にいられなくなるかもしれないから。

だが、知らないままでいいのだろうか。

もし、おぞましい過去に相応しい、おぞましい存在だったとしたら？

——アマーリエの傍にいていいはずがない。

「エリク。目を開けなさい。逸《そ》らすことは許さないわ」

苦悩するエリクに、アマーリエの厳しい声が飛んだ。エリクが一瞬の逡巡《しゅんじゅん》の後、そろりと目を開けば、そこには意外にも微笑があった。

「私にはあなたが必要よ。傍にいて、エリク。……お願いよ」

「——っ、アマー、リエ……！」

込み上げる熱いものが、ぼろり、とエリクの眦《まなじり》から零れ落ちた。

「いいの？　僕のような……得体のしれない獣が、あなたの傍にいて」

震える声で尋ねれば、優しく強い声が返ってきた。

「あなた以外欲しくはないわ。言ったでしょう？　初めて見た時から、あなたが一番大切だって分かったって。あなたは、私の魂の半身。あなたは？　エリク、あなたは違うの？」

エリクは何度も頭を振った。

そのとおりだ。

エリクにとって、アマーリエは唯一無二。魂の半分どころではない。魂そのものだ。

「僕のすべては、あなたのものだ」

それは紛れもない本心で、真実だった。アマーリエがいなければ、死んだも同然だった。

生きたかった。食べたかった。痛いのが嫌だった。温もりが欲しかった。

何もかも叶えられない状況で、エリクの世界は灰色に混濁《こんだく》していった。

欲しいものは、欲しくないもの。

生きていることは、生きていないこと。

アマーリエが、エリクに命を取り戻してくれたのだ。

過去も、今も、未来も、エリクの存在はアマーリエ次第だ。

ぼろぼろと涙を零しながらそう言うエリクに、アマーリエはぎゅっと抱きついた。

その柔らかな身体を、エリクもまた、目一杯抱き締め返す。

「じゃあ、一緒にいて。ずっとよ、エリク」

「うん……うん、アマーリエ」

洟《はな》を啜《すす》りながら何度も頷くエリクに、アマーリエも洟を啜りながら笑った。

「ねぇ、そしたら、これ、持っていて。約束の印よ」

「え？」

掌にのせられたのは、今までアマーリエが持っていた、先ほどの小瓶だった。

「あなたが分からないと言ったこの小瓶。あなたがこれを……過去を覚えていてもいなくても、私にとってあなたが一番大切だってことは変わらない。その約束の、印」

手の中にある硬い小瓶は、けれどアマーリエの体温が移っていて、温かかった。

「――ありがとう、アマーリエ」

――僕はあなたのために生き、あなたのために死のう。

小瓶を握り締めて、心の中で、エリクはそう誓ったのだった。

＊＊＊

王都へ行っていた父が戻った。

父ギルベルトはニュンベルグの地を護る辺境伯であるのと同時に、王からの信頼の厚い重臣だ。月の半分は王都で仕事をしている。

エリクと剣術の稽古をしていたアマーリエは、家令のダンドロからその知らせを聞くなり、父のところへと向かった。剣具の後始末は、エリクが「早く行っておいで」と笑いながら引き受けてくれた。

父の書斎の前まで辿り着き、一度立ち止まって衣服の乱れを正していると、中から父の声がした。どうやら側近のブルーノと喋っているようだ。

「またあの村の連中か」

「はい。エリクを返せとこの邸にまで押しかけて来たようです」

その内容に、アマーリエは眉を顰めた。

エリクに酷いことをしていたあの村の人間がここにやって来るのは珍しいことではなかった。毎度エリクを返せ、と言ってくるのだ。

――冗談じゃないわ。

あんな非道をやっていたくせに、よくもぬけぬけとここへ来られるものだ。

勿論父はそれを一蹴《いっしゅう》して意に介さなかったが、どうにも諦めが悪い。

更に、ここ半年はその頻度が上がっているようで、アマーリエとしても苛立ちを隠せない件であった。

「相変わらず妙な脅しをかけてくるので、使用人たちも気味悪がって怯えているようです」

「また例の『呪い』とやらか。まったく、困った連中だな」

「最近ではエリク本人を狙い、無理矢理連れ去ろうとまでしたそうです。ダンドロが気がつき、事なきを得たようですが」

「なんですって⁉」

ブルーノの発言に、アマーリエは思わず声を上げて、ノックもなしにドアを開いた。

突然飛び込んできた娘に、父とブルーノは驚いた顔をしていたが、そんなことには構っていられない。

「そんなこと私は聞いてないわ！」

「……アマーリエ。盗み聞きとは行儀が悪い」

やれやれとでも言いたげな父に、アマーリエは噛みつくようにして言った。

「お父様！　それは本当なの⁉　あの忌々しい村の連中が、エリクを攫おうとしたって！」

「私も今聞いたところだ」

「赦せない！　私が言ってやるわ！　エリクにあんな酷いことをしておいて、また攫おうですって⁉　ふざけないで！」

地団駄《じだんだ》を踏んで叫ぶアマーリエに、ギルベルトが盛大な溜め息を吐いた。

「お前が抗議に行ったところで、あの連中が納得するはずがないだろう。まったくお前は、エリクのこととなると目の色を変えるから困ったものだ。次期辺境伯として、冷静さを失うところは直さなくてはいけない短所だ」

痛いところを指摘され、アマーリエがぐっと言葉に詰まる。

父がアマーリエに次期辺境伯としての期待をしているのは知っているし、アマーリエもそれを喜んで受け入れていた。父を尊敬しているし、父のようになりたいと思っているから、その努力を怠らないようにしている。

『まずは己より公明正大であれ。善には徳量寛大《とくりょうかんだい》たれ。悪には冷酷無情《れいこくむじょう》たれ。そして常に泰然自若《たいぜんじじゃく》であれ』

それが上に立つ者としての、父の言だ。

ところが、エリクのことに関してだけは、アマーリエは『泰然自若』でいられなくなってしまう。父にはそれをずっと指摘され続けている。

しゅんと肩を落とすアマーリエに、父はもう一つ溜め息を吐いて、まぁいい、とお小言を終わらせた。

「エリクのことは心配しなくてもいい。あの連中にはそれなりの対応を考える。それよりも、お前は自分の心配をした方がよさそうだぞ」

「……はい。ありがとうございます、お父様」

意気消沈して部屋を後にしようとすれば、呼び止められる。返事をして振り向けば、苦い顔をしてみせながらも、父が手招きをしていた。

「……王都の土産話を聞きたいか？　私はまだお前に、おかえりなさいと言われていないんだがな？」

その台詞に、傍に立っていたブルーノが横を向いて噴き出した。

厳しく接しながらも、結局は目に入れても痛くないほど娘を溺愛している上司の言動がおかしかったのだろう。身を震わせて笑う部下を横目で睨みつけながら、ギルベルトは娘に向かって両手を広げる。

パッと顔を輝かせて、「おかえりなさい！」と叫びながら、アマーリエはその腕の中に飛び込んだのだった。


父との団らんを終え、夕食までの間、一緒にチェスでもしようと、アマーリエはエリクを捜していた。剣を片づけてくれたようだが、その後どこへ行ってしまったのだろう。

通りすがりのメイドに訊けば、既にいたと言われ、そちらへ足を向ける。

裏庭に出たところで、裏門の傍に見慣れた後ろ姿を見つけ、アマーリエは駆け寄ろうとして、足を止めた。

なぜなら、エリクの隣に、見たことのない若い女性が立っていたからだ。

立っているだけなら気にならなかった。けれどその若い女性はエリクの首に腕を巻きつけ、しなだれかかっていたのだ。

胸がぎゅっと摑まれたような、息苦しさを感じた。

それと同時に、カッと閃《ひらめ》くような怒りが腹の底から湧き上がった。

——私のエリクに触らないで！

怒鳴りつけてやろうと息を吸い込んだのと、エリクがその腕を振り解き、そのまま後ろ手に捻《ひね》り上げ女性を門の壁に叩きつけたのは、ほぼ同時だった。エリクは騎士となるための訓練を受けている。まだ少年とはいえ、その辺の男性よりずっと強くなっていて、女性を取り押さえるくらい、訳もないことだ。

しかし女性は不意を衝かれたのだろう。受け身を取れず膝を折って悲鳴を上げた。

「僕はお前たちとは行かない！　二度と僕の前に現れるな！」

まだ声変わりもしていない声で、エリクが吼《ほ》えた。

エリクのそんな怒声を、アマーリエは初めて聞いた。エリクはアマーリエ以外には喜怒哀楽を見せず、無表情でいることが多い。笑わないし、怒りを周囲に見せることもない。アマーリエにだって、滅多に怒ったことがない。怒ったと言っても拗《す》ねるくらいで、こんなふうに大きな声を上げるエリクを、アマーリエは知らなかった。

呆然とそれを見つめていると、女が顔を真っ赤にして喚き出した。

「調子に乗るな、忌子！　お前は本来我々に飼われるだけの運命だったのだ！　それを拒むなど、以てのほか！　それがその瞳を持って生まれた忌子の義務なのだ！　『神壁』の供物《くもつ》となることを誇りに思え！」

――あの村の人間！

驚いて一度引いた怒りが、瞬時によみがえった。

女が押さえられていない方の腕を懐《ふところ》に忍ばせ、エリクに向かって振り上げたのはその時だった。

「――っ！」

エリクが飛びしさるように女から離れる。

その胸元の服が切り裂かれ、中の肌が垣間見えた。

そして、その白い肌からにじみ出た、赤い血の色も。

――懐剣《かいけん》！

隠し持った刃物で女がエリクを傷つけたのだと分かり、アマーリエの目の前が真っ赤に染まった。

アマーリエは弾かれたように女に向かって駆け出した。

瞠目しているエリクに目もくれず、懐剣を手にせせら笑っている女の側頭部目がけて拳を繰り出す。背後から近づくアマーリエの存在に気がついていなかった女は、あっさりとその拳を受けた。何の訓練も受けていないただの女だ。少女とはいえ、武人として鍛えられたアマーリエの拳をまともにくらい「ぎゃ」という悲鳴を上げて倒れ込んだ。アマーリエはすぐさま女の手から懐剣を叩き落とすと、その髪を鷲摑みしてその顔を覗き込む。女は何が起きたのか分からないのか、目を白黒させながらも「ひぃっ」と息を呑んだ。

「黙りなさい、外道」

自分でも驚くほどの平坦な声色だった。怒りに支配された白い思考は、けれどどこか冷えていて、自分を冷静に見つめてもいた。

女は目を見開きこちらを凝視している。

濁った汚い目だ。蛇に睨まれた蛙《かえる》は、こんな目をするのかもしれない。

女の髪を摑む手から、プツプツとした感触がする。強い力で鷲摑みにしているので、髪が抜けているのだろう。だが力を緩めてやるつもりは毛頭なかった。

この女は、エリクをいたぶったあの傲慢《ごうまん》な村人であるだけでなく、またもやエリクを傷つけ、血を流させた。その制裁は受けるべきだ。

アマーリエは拳に更に力を込めると、女の頤《おとがい》を反らせ、その喉を晒させた。

「ぐえ」と女が声を上げたので、アマーリエは少し笑った。

女の首は細かった。アマーリエが片手でも摑める程度だ。細さを確かめるようにして両手で包み込む。そして耳の下辺りで指を曲げた。そこが赤く穢《けが》れていて、耳朶から血が垂《た》れている。耳飾りを通す穴が裂けてしまっているのだ。それを見て、ああ、耳飾りをしていたのだな、と妙に納得する。恐らく、耳飾りごと殴ってしまったのだろう。

指にどくどくと血脈を感じる。女の頸《くび》の動脈。これを塞《ふさ》げば、数秒で人間は昏倒《こんとう》し、更に塞ぎ続ければ死に至る。体術の教師にそう教えられたが、実践したことはない。やってみようか、とも思う。けれどもこの方法では意識がすぐに落ちるので、この女にあまり苦痛を与えられない。

ならば、と手の位置を変える。息の道の通る場所だ。呼吸を塞がれた方が、苦しみと、恐怖を与えられる。殺すつもりはない。それは、効果的ではないから。

アマーリエは両手にぐっと力を込めた。

「ッ……かっ、はッ……!!」

気道を塞がれ、女が暴れようとする。だが、いつの間にか女の背後に回ったエリクがそれを許さない。女がアマーリエに危害を加えないよう、その両腕を背の後ろで捻り上げ拘束していた。女は自由を奪われたまま、アマーリエに首を絞められている。

ぐぅう、と女の喉からひしゃげた音が鳴った。開いたままの口から涎《よだれ》が垂れる。

アマーリエは小さく微笑み、鷹揚《おうよう》に言った。その方が女に恐怖を与えられると知っていた。

「ねぇ、お前、まだ生きたい？」

優しく尋ねながら女の顔を見ると、白目を剝き始めている。

頃合いか、とアマーリエは首を絞めている手を離した。ゼヒュ、と息を吸い込む音がした後、女がゲホゲホと咳き込んだ。

アマーリエは女の落とした懐剣を拾い、鼻水を垂らして咽《む》せる女の髪をもう一度摑み上げた。

そして懐剣の刃をこれ見よがしに女の目の前で閃かせた後、その喉元にピタリと付ける。刃物の感触に、女は血走った目を見開いて悲鳴を上げた。

「ヒィッ」

「訊いているのよ。お前はまだ生きたいかと」

「ひ——い、いきたいですぅう……！　生きたい、生きたい……！　ころさないで……殺さないでぇええ……！」

涙と鼻水にまみれた顔で、みっともなく懇願する女を、アマーリエは冷たく見下ろした。

「同じことを、お前たちはやったのよ。エリクに」

「ひ、ちがう……ちがう」

何が違うのか、女はブルブルと何度も首を振る。アマーリエはその否定を赦さなかった。

冷めた目で刃物を引く。ほんの少しだけ力を込めて。

「ヒィイ、痛い！　やめてェッ!!　助けて……！　殺されるゥウ……!!」

皮膚の切れる痛みに、女が憐れに泣いた。身体はエリクに押さえられているため、女は背を弓形にして仰け反り、ぎゃあぎゃあと大声で泣き叫び出す。

「黙りなさい！」

アマーリエが女の頬を打って一喝《いっかつ》する。

腹が立った。

エリクの痛みを一顧《いっこ》だにしなかったくせに、己の痛みにはここまで慌てふためくのか。

「痛い!?　ふざけるな！　エリクだって痛かった！　助けてほしかったのよ！」

その声に気がついた使用人たちがぞくぞくと集まってきたが、主の娘の剣幕に、誰も手を出そうとはしなかった。

「何が違うの!?　エリクを獣同然に檻に入れ、折檻していたのはお前たちでしょう！　エリクは生きたいという言葉すら与えられなかった！　生きたいと望むことすら奪われていたのに、お前たちがそう望むのは筋違いよ！　そうでしょう!?」

女にはもう聞こえていないだろう。恐怖に錯乱し、喚き散らしている。

それでも、アマーリエは叫ばずにはいられなかった。エリクを見つけた時から、ずっとずっと溜め込んでいた怒りを、吐き出さずにはいられなかったのだ。

けれどまだ足りないと腕を振り上げた時、静かな声がそれを止めた。

「アマーリエ」

その声は真っ赤に燃え滾《たぎ》る怒りの炎を、一瞬にして鎮火させた。

アマーリエは懐剣を持つ手をそっと下ろし、声の主にゆっくりと向き直った。

視線の先にある、金の眼がこちらをまっすぐに見ていた。

「アマーリエ、もういい。あなたが僕に魂をくれた。もう、いいんだ」

「エリク」

でも、と続けようとすると、エリクはおもむろに首を振る。

「あなたまで、こいつらと同じになっては駄目だ」

その言葉に、なるほど、と思い至る。怒りに任せてこの女を折檻するのでは、確かにエリクを虐げてきたあの村人たちと同じだ。それに、当初の目的も達成できない。

アマーリエは、エリクに押さえつけられたままぐったりとしている女を見た。

叫ぶ気力も失せたのか、鼻水を垂らしてすすり泣いている。

「お前」

アマーリエの声に、女の身がビクリと震える。十二分に恐怖は植えつけられたようだ。

その怯え切った眼を見据えて、アマーリエは命じた。

「村に帰り、伝えなさい。もう二度とエリクに関わるなと。もし再び関わろうとすれば、お前たち一人一人、この私が殺してやる、とね。小娘だからと侮《あなど》らないでね。私は、どんな手を使ってでも、必ず殺すわ。覚悟しておきなさい」

女が震え上がったのを確認して、アマーリエはエリクに解放するよう目で合図をする。

腕を放されても、女は感覚が麻痺していたのか、その場にへたり込んでいたが、邸の使用人たちが周囲を取り囲んでいることに気がつくと、あわあわとおぼつかない足取りで逃げ出した。使用人の一人がそれを阻もうと動いたが、アマーリエは手でそれを制する。

「いい。行かせなさい」

「しかし」

「あれは伝書鳩よ。あれだけ痛めつけておけば、こちらの本気を伝えるには十分でしょう」

警告はした。これでもまだ諦めないようならば、その時には——。

燻《くすぶ》る怒りにグッと拳を握ると「アマーリエ」と名を呼ばれた。

顔を上げれば、エリクがすぐ傍までやって来ていて、アマーリエの手に触れていた。

そこで初めて、アマーリエは自分の拳の怪我《けが》に気がついた。皮膚が破れ、血が溢れている。恐らく女を殴った時に、耳飾りで傷ついたのだろう。傷口は抉《えぐ》れていて汚かった。

エリクは眉間に皺を寄せてそれを見下ろし、おもむろにそこを舐《な》めた。その仕草があまりに自然で、アマーリエは止めるのが遅くなってしまった。

ぬるりと温かい感触がして、それからビリ、と痛みが走った。

「——ッ、エリク、だめよ。汚いわ」

手を離そうとするが、拘束する手の力は思いがけず強かった。エリクは無言のまま傷口を拭《ぬぐ》うように舐め続ける。

その姿は、怪我をしたつがいの傷口を舐めて癒やそうとする獣を連想させて、アマーリエは抵抗をやめた。そうか、と思った。

——私たちはつがいの獣なのだ。

不意に胃の腑に落ちたその実感は、この上なくしっくりと自分たちの上に重なった。

互いの汗も涙も血も、舐め取ることを厭《いと》わない。

——エリクのためなら、私はきっとあの女を殺していた。

だから、エリクもまたアマーリエのためなら、躊躇《ためら》いなく人を殺すのだろう。

エリクの舌が傷を撫《な》でるたび、ビリビリと腕に走る疼痛《とうつう》は、やがて甘い熱に変わってアマーリエの血の中に溶ける。

そしてその熱は、舐め取られたアマーリエの血に混じり、エリクの身体の中に溶けて息づいていくのだろう。

そんな世迷い言のような妄想は、どくどくと脈打つ血潮を伝って、アマーリエの心底に浸み込んでいった。

＊＊＊

アマーリエが倒れたのは、その数週間後だった。

エリクと共に図書室で本を探していた時、それは起こった。

最初は単なる立ち眩《くら》みだと思った。

グラリと目の前が揺れて、倒れそうになったところを、エリクの腕が支えてくれた。

急に身長が伸び出したこの頃、立ち上がりがけに眩暈《めまい》を起こすことはよくあったので、あまり重要視していなかった。それなのに、この時は、すぐに持ち直すはずの視界が、ぐにゃりと歪んだまま一向に戻る気配がなかった。

「アマーリエ……アマーリエ！」

エリクの切羽詰まった声が、やけに遠くに聞こえる。

——大丈夫よ、エリク……。

心配そうな声にそう答えようとしたが、意識はどろりと混濁し、アマーリエの世界は暗転した。


酷く痛む頭と、込み上げる吐き気。覚醒した時に感じたのは、それだった。

——気持ちが悪い。

そう伝えようと声を出そうとして、出せないことに気がついた。

——声が出ない。

それだけではない。身体を動かせない。手足はおろか、瞼すら上げられない。身体が泥のように重く、感覚がない。

「どういうことだ！　治療法がないだと!?　この辺りでよく起こる病だと言ったではないか!!」

——お父様の声だ。

もの凄く怒っている。どこか焦っているようにも聞こえた。

職業柄、冷静沈着を心掛けている父が珍しい、と思っていると、知らない男の声も聞こえた。

「ですから、治療法のない病なのです。動悸や眩暈、吐き気から始まり、四肢の神経が麻痺し、やがて呼吸器も麻痺し死に至る……この症状は『神の鉄槌《てっつい》』です」

「『神の鉄槌』だと!?」

「はい。これは、他国がこちらへ攻めて来た時、なぜか敵兵に広く流行る伝染病です。侵略しようとする敵が、神の怒りに触れたのだと人々が噂したことから、『神の鉄槌』と呼ばれるようになったそうです。他国の人間にはこのニュンベルグの風土が合わないため、罹患《りかん》するのだと言われておりましたが……どうしたことか、現在ニュンベルグ内の各地でこの奇病が流行り出しているのです」

「──なんということだ……！」

悲痛な声で呻《うめ》く父に、更に追い打ちをかけるように別の声が畳《たた》み掛ける。

「峠《とうげ》は、二、三日かと」

「……やめてくれ！」

悲鳴を上げる父に、アマーリエは自分まで哀しくなった。

──お父様、お父様……どうか、泣かないで。

寄り添ってそう言いたいのに、瞼すら上げられない。

──私は、死ぬのかしら。

何の感慨もなくそう思った。今の会話から察するに、どうやら『神の鉄槌』とかいう奇病に罹《かか》ったのは自分のようだ。自分の意志で身体を動かせず、横たわっていることしかできないのに、頭の中はしっかりと動いている。

——エリクはどこ。

自分の身に起こったことを受け止めきれないまま、不意にエリクの存在が恋しくなった。エリクの存在を確かめたかった。

傍にエリクがいてくれさえすれば、きっとすべてが上手くいくのに。

——エリク。

そう言いたいのに、呻き声さえ出せないことに、アマーリエは初めてもどかしさを覚えて苛立った。本当に、なんということだ。舌打ちすらできないなんて。

——エリク。

「ここにいる」

祈るように心の中で名を呼ぶと、まるで聞こえていたかのように返事があった。目が開かず視界は闇のままだったが、彼の存在を傍に感じられただけで、不安で揺らぎ始めていた心が、落ち着きを取り戻した。

——エリク……エリク！

「ここにいるよ、アマーリエ」

手が温かく包み込まれるのが分かった。エリクの手だ。アマーリエの手を握ってくれているのだろう。

——エリク、エリク。どうしよう。どうなっているの。

「大丈夫」

エリクは優しく、強く、囁きかける。

——でも、私は死ぬのでしょう？

自覚はない。自分が死ぬなんて、アマーリエ自身まったく現実味のない話だ。自分が病気だということすら、今知ったくらいなのに。

眩暈がしたのは覚えている。多分その後倒れたのだろう。

あの後、自分はずっと寝込んでいたのだろうか。

そして、このまま死んでしまうのだろうか。

「死なせない」

ぐるぐると巡る思考を、エリクが力強く遮断した。

「死なせない。僕が護ってみせる」

掌に柔らかな感触がした。

口づけられたのだと分かった時、握られていたその手が離れた。

「待っていて。必ず助けてあげる」

意志を秘めた静かな声に、それなのに無性に心細くなって、アマーリエは嫌だと叫びたかった。

——行かないで。

エリクを行かせてはいけない。なぜだか、そう思った。

取り返しのつかない何かが起きてしまう気がしてならなかった。

――だめ、握っていて。私の手を、離さないで、エリク。
そう願うと、ヒヤリと硬質な感触を掌に感じ、その上から温かな手が被さった。
――これは、何？
「持っていて、アマーリエ。これは、僕の存在した証だから」
エリクに何かを握らせられたのだと分かったが、それが何かを確かめる術《すべ》はない。
「誰にも渡してはいけないよ」
まじないのように囁かれ、手の上にあった温もりが離れていく。
――エリクがいなくなってしまう。
衝動のように湧き起こった予感は、身震いするほど恐ろしいものだった。
――行かないで、傍にいて、エリク。
そう言いたいのに、声も上げられず、その姿も見られない。
――行かないで！
心の叫び声は、一音すらも空気を震わせることはなかった。
アマーリエの願いも虚しく、その場からエリクの気配は消えてしまっていたのだった。
次に目を覚ました時、すべてが元どおりになっていた。
あれほど重かった瞼は嘘のように軽く、アマーリエはパカリと目を開けた。
「アマーリエ！」

視界に飛び込んできたのは、父だった。寝ていないのか濃い隈《くま》を目元に貼りつけ、なんだか悲愴感が漂っている。

「お父様……」

「ああ……！　神よ、感謝します……！　よかった、アマーリエ。本当によかった……！」

皺の刻まれた目元に涙を滲ませて、父が何度もアマーリエの頭を撫でた。その大きな手に触れたくて、試しにそろりと腕を上げると、驚くほど簡単に動いた。額の上の手を掴まえて握ると、父の目からぽろりと涙が零れて、アマーリエの頬に落ちた。

「アマーリエ……ああ、もうその翠の眼を見られないかと思ったぞ……！」

「私……助かったの……？　あれは、夢？」

もしかしたら今までのことは、全部悪い夢だったのかもしれない。

そうであればいい。エリクがいなくなるだなんて、そんな嫌な夢。

半分祈るようにそう呟けば、父は泣き笑いを浮かべた。

「夢などではない。助かったのだよ、アマーリエ。エリクが持って来てくれた薬で、お前は助かったんだ。今ニュンベルグの療養院にもその薬を運ばせている。きっと皆助かるだろう」

「薬……？　エリクが……？」

必ず助けると言ってエリクがどこかへ行ってしまったのは、やはり夢ではなく現実だったのだ。病の最中、意識はハッキリとしていたが、目を開けられなかったため、今となってはあれが現実だったか自信がなかった。

——でも、あれは現実だった。

なぜなら、エリクが握らせた何かが、この手の中にちゃんとあるから。

アマーリエは父に握られていない方の手の中にある、硬質な感触を確かめる。エリクを失うかもしれない不安の中では分からなかったが、これはきっと、あの時の小瓶だ。

『これは、僕の存在した証』

あの時エリクはそう言った。

この小瓶を覚えているかどうかすら曖昧だと言っていたエリクは、きっとこれが何なのかを思い出したのだ。

——だから行ってしまったの？　自分が何者かを、知ったから……？

見えない闇の中、エリクの気配が遠ざかって行った記憶がまざまざとよみがえり、急に不安が押し寄せてきた。

——エリクがいなくなってしまう。

想像すらしたくないその状況を思い浮かべ、摑んでいた父の手をぎゅっと握った。

「お父様……エリクは？　エリクは、どこ……？」

するとと父の眉間に皺が寄った。

「エリクか……」

溜め息のように父が漏らす様子に、アマーリエは「やめて」と叫びたくなった。

──やめて。エリク……お願いよ……。

ずっと一緒にいるって、そう誓ったくせに。

「どこへ行ったのか、薬を私に手渡してから、姿が見えなくなってしまったんだ。今ブルーノたちが手分けして捜している」

「そんな……！」

信じられないと思う反面、アマーリエはあの時の予感が的中してしまったと分かった。

──やっぱり、エリクはどこかへ行ってしまった。

自分を置いて、行ってしまったのだ。

あれほど傍にいてと言ったのに。

傍にいると、言ったくせに……！

とてつもない喪失感に襲われ、アマーリエは目の前が真っ暗になった。

泣き叫べばいいのだろうか。

そうすれば、この胸にぽっかりと空いた空洞を埋めることができるのだろうか。

だが、アマーリエはできなかった。

あまりに強烈な痛みをくらった時、人は声を上げることすらできないのだ。

声もなく、ただ喘《あえ》ぐように呼吸を繰り返した。

涙だけが泉のように湧き出し、こめかみを音もなく伝う。

――エリクがいなくなった。私の傍から、離れてしまった……！

呆然と泣き続ける娘を労わるように、父が何度も髪を撫でた。

「心配するな。いなくなってまだ数日だ。エリクは私が必ず見つけ出してやる。お前は、今は元気になることだけを……」

父の慰めの言葉は、アマーリエにはただ虚しく響いた。

アマーリエには、もう分かってしまっていたから。

己の半身は、もう傍にはいないのだと。

＊＊＊

その夜、あの『神の力』の名を持つ村――クレ・エ・ジーアが燃えた。

火はもの凄い勢いで村を焼き、知らせがこの邸に届いた時には既に消火は不可能な域に達していた。

恐らく何者かが火を放ったのだろうと、後に父が苦々しげに言っていた。

生き残った村人は、ただの一人もいなかったという。

また、ニュンベルグにはびこった奇病『神の鉄槌』は、エリクが持ち込んだという薬によって鎮静化した。しかしその薬は、領民たちを助けるのには十分であったとはいえ、残った量はわずかであった。ニュンベルグ辺境伯は、今後また『神の鉄槌』が流行った時に備えてその薬と同じものを作ろうと優秀な薬師を何人も雇い試みたものの、誰もその処方を解析することができなかった。

薬の成分が、今まで見たこともないものだったためだ。

恐らく植物が原料だろうというところまでは見当がついたが、それ以上先には、どの薬師も進めなかった。

こうして、『神の力』と呼ばれた村と、『神の鉄槌』と呼ばれた奇病――奇《く》しくも『神』の名を持つ二つのものが、ニュンベルグから消えた。

白金の髪と金の猫の目を持つ、アマーリエの半身と共に。

3 王

早春の穏やかな陽射しが降り注ぐ午後、ニュンベルグ領内の農村に、若い女性が白馬から軽やかに降り立った。後ろで一つに括られた長い金の髪が、彼女の動作に合わせて生き物のように跳ねる。痩せてはいるがたおやかな身体つきと、その美しい長い髪からも、女性であると一目で分かるものの、彼女の姿を初めて見た人は目を見開くだろう。

なにしろ、彼女は男物の乗馬服を身に纏っているのだから。

だが彼女の来訪に慣れている村民たちは、白馬の手綱を引いているのを見つけると、笑顔で手を振った。

「どうも、アマーリエお嬢様！　あったかい日になりましたねぇ」

「今日も視察ですかい？」

男装の麗人——アマーリエは、鍬《くわ》を片手に作業を止めて挨拶をしてきた親子に答える。

「ええ。精が出るわね、フーゴ、ケント。それは大麦？」

父親の方が耕《たがや》していた土を指してそう訊けば、笑顔と首肯が返ってきた。

「雪が解けましたからねぇ。そろそろ蒔《ま》いてやらにゃ、黒穂病《くろぼびょう》に罹っちまう。お嬢様は？　また水路ですかい？」

尋ねられ、アマーリエは額に手をかざし、畑に沿って蛇行する用水路の先を見やった。

「ええ。このところ急に暖かくなったから。雪解けの水でユーリア湖の水量も一気に増えるもの。上流に作った水がめで間に合えばいいけど、溢れたら大変なことになるわ」

ニュンベルグの水源であるユーリア湖は、春になると山脈からの雪解け水の影響で水量が急増し、その先の川がしばしば氾濫してしまっていた。多くの農村は川沿いにあり、当然畑はその被害に遭ってしまうため、領民の悩みの種となっていたのだ。

アマーリエの父は、湖の傍に水がめを造ることでこの問題を解決した。各川に流れる水量を調節したのである。大規模な河川工事であったため、多くの領民を使っての事業となった。その間農作業に回る手が減ってしまうことから当初は不満の声も上がったが、河川工事に携わる者に十分な給金を与えたことでそれもすぐに収まった。

それどころか、水がめが完成すると、今まで春になると畑を壊滅させてきた水害がほぼなくなったことから、領民たちは新たなニュンベルグ辺境伯に尊敬と信頼を置くようになったのである。

今や領主として、領民たちから絶大な支持を得たギルベルトだが、その嫡子であるアマーリエも父と共に河川工事に奔走《ほんそう》したため、こうして領民たちから慕われていた。

「畑の用水路は大丈夫そう？」

「水かさですかい？　今のところは半分くらいですかねぇ。それこそ、去年の秋にアマーリエ様が指示してくださったように、水路の底を随分と掘り下げましたからね。いつもよりもずっと塩梅《あんばい》がよさそうですよ」

「それを聞いて安心したわ」

アマーリエはホッと息を吐いて微笑むと、またヒラリと馬に跨《また》がった。

「もう行かれるんで？」

行動の早い次期領主に、まだ成人したばかりの息子の方が、少し残念そうに声をかける。

アマーリエは馬の手綱を引きながら苦笑した。

「慌ただしくてごめんなさいね。他も見て回りたいから。また今度ゆっくり来るわ」

そう言うや否や、ハイッと威勢のいい掛け声で馬に合図する。

「お嬢様！　帰りに寄ってくださいよ！　かかあが野いちごのジャムを作ってましたから、持ってってやってください！」

あっという間に去っていく後ろ姿に父親が慌てて声を上げると、風に金の髪をなびかせながら、アマーリエが振り返って叫び返した。

「ありがとう！　是非そうさせてもらうわ！　ゲルダにもお礼を言っておいて！」

現れたと思ったら、すぐにまた行ってしまう旋風《つむじかぜ》のような令嬢に、残された親子は溜め息を吐く。

「やれやれ、お忙しいお嬢様だ」

「……アマーリエ様、今日もおきれいだったなぁ……」

どこか陶酔《とうすい》するように感嘆の声を上げる息子を、父親が呆れた顔で見た。

「お前、高嶺《たかね》の花にもほどがあるってもんだろうが……」

すると息子は顔を真っ赤にして、あからさまに狼狽を見せる。

「ばっ……！　そ、そんなんじゃねぇよ！　身分違いってことくらい、俺にだって分かってるよ！　そうじゃなくて、これはその、ただの憧れだよ……！」

息子の言い訳に、だが父親はますますばかにした顔で笑った。

「あほう、憧れることすらおこがましいわ。なにしろ次期辺境伯様だぞ。いずれは由緒正しい御血筋から婿殿をお迎えするお方なんだからな」

「で、でもよ。アマーリエ様ももう十八におなりだろう？　それなのに、浮いた噂一つないじゃないか」

「そりゃお前、あのお方は日々このニュンベルグのために骨を折ってらっしゃるからそんな暇ないだろうし、俺らには分からんお貴族様の事情ってもんがあるんだろうよ」

「そうなのか……」

しょんぼりと肩を落とす息子の背中に、父親は大きな手でバシンと平手を一つくれてやった。

「ホレ、夢見てへこんでりゃ世話ねぇや！　ちゃっちゃっと働かんか、ばか息子！」

持っていた鍬の柄で尻をつつけば、息子は、痛ぇ、とぼやきながらも作業を再開した。

自らもまた土を耕す手を動かしながら、父親は、そうか、と心の中で思った。

あのお嬢様も、もう十八か。

ならば王都へ行って、社交界とやらに行く年になったのだな、と。

＊＊＊

「え？　なんですって？　もう一度おっしゃってくださる、お父様。私に、何をしろと？」

アマーリエはたった今父から告げられた言葉を理解できず、眉を顰めてそう言った。

だがそんなアマーリエの態度は想定内だったのか、父は椅子にゆったりと腰掛けたまま鷹揚に頷いた。

「耳が遠くなったのかな、アマーリエ。私は『社交界に出席しろ』と言ったのだよ」

「社交界！」

父から飛び出たその単語に、アマーリエは身の毛がよだつと言わんばかりに顔を顰《しか》めておうむ返しに答えた。

「ご冗談でしょう⁉　ユーリア湖の水かさが増えるこの時期は、水害が急増するんですよ⁉　主流の河川の中には、まだ堤防《ていぼう》の修繕が追いつかない地域がたくさん残っているというのに、そんな浮かれた騒ぎに出席してる暇なんかありません！」

父に渡す報告書の束をバサリと書斎机の上に放ると、アマーリエは腰に手を当てて抗議した。父は目の前に放られた書類を取り、満足気に確認しつつ眉を上げる。その姿は悠々としていて、アマーリエの剣幕に圧された様子は微塵もない。

まずい、とアマーリエは内心舌打ちした。父がこんな様子の時は、決して意志を曲げないからだ。

「アマーリエ。お前、いくつになったかな？」

「……十八です」

憮然《ぶぜん》と答えれば、父は書斎机の上に肘を置き、手を組んだ。

「では答えなさい、アマーリエ。――次期ニュンベルグ辺境伯として」

『次期ニュンベルグ辺境伯として』とわざとらしく付け足され、アマーリエは口をへの字に曲げる。この時点で、もうアマーリュの負けは決まったも同然だ。

「この国で、十八になった貴族の娘が慣例として行っていることは何か？」

「……王都へ行き、王陛下に拝謁《はいえつ》することです」

「そのとおり！　それで？　その後は？」

「…………デビュタントとして、社交界に出席することです」

「いかにも！　それが我がエルトリア王国の伝統である。そして王国の軍事の要である我らには、その伝統は適応されるべきか否か？」

「――無論、適応されるべきです。お父様」

そう答える自分は、苦虫を噛み潰したような顔になっているだろうと分かっていたが、改める気にはならなかった。

分かっている。自分は次期ニュンベルグ辺境伯だ。

女辺境伯——つまり、婿を取らなくてはならない身だ。

この国では、貴族の娘は十八になると社交界へデビューし、そこで同じ貴族の男性と交流を深め、結婚相手を探すのだ。つまり父はアマーリエに社交界へデビューして、婿を見《み》繕《つくろ》えと言っているのだろう。

はぁ、と溜め息が出た。

自分が父の跡を継ぐことを疑問に思ったことはない。それどころか、誇りにしてきた。

しかしそれは同時に、自らの伴侶を政治的な思惑から選ばなくてはならないということでもあるのだ。

伴侶——愛妻家であった父は、亡くなった母のことを己の『片翼』だと言う。魂の片割れであったと。

また父と母は互いに貴族の家柄で、社交界で出会ったらしい。意外とロマンティストである父が、アマーリエに社交界デビューを勧めるのには、そういう理由もあるのだろう。

社交界で、アマーリエにも『片翼』に出会ってほしい、と。

だが、アマーリエには既に『片翼』と呼べる存在があるのだ。

片翼。魂の半分。

脳裏に白金の髪がふわふわと揺れる。

金色の猫の瞳の、愛しい半身が、こちらを振り返って微笑む。

『アマーリエ』

あの声が、聴きたい。もう一度、名を呼んでほしいのに。

――エリク。

六年前に消えてしまった、アマーリエの半身。

なぜ消えてしまったのか。

エリクもまた、アマーリエを半身だと思っていてくれたはずだったのに。

――エリク。

目を閉じて、心の中でその名を呼んでみる。――祈るように。

あれから何度同じことを繰り返しただろう。夢で、現で、何度も彼の名を呼んだ。捜して捜して、泣いて泣いて、喉が張り裂けんばかりに叫んだこともあった。

それでも、エリクがアマーリエの前に再び現れることはなかった。

――エリク。

彼を失ってぽっかりと空いてしまった心の穴を、アマーリエは未だに埋めることができないでいる。

虚しく、苦しい喪失だった。

せめてひと時でもこの苦しみから逃れたくて、アマーリエは父の仕事を精力的に手伝った。夢である理想の辺境伯となるため、己の持ちうる限りの能力を発揮してニュンベルグの政治に関わることで、自分の存在意義を認められる気がして少しは安心できたからだ。

けれど、エリクと共にあった頃のような、全身にひたひたと水が満ちているかのような満足感には、程遠かった。

――この空洞を胸に抱いたまま、私は伴侶を持たなければならないのだろうか。

誰も、何も、この穴を埋めることはできないのに。

「アマーリエ」

ぼんやりと物思いにふけってしまっていたらしい。

呼びかけにハッと目を上げれば、こちらを痛ましげに見る父の眼差しがあった。

「エリクを忘れられないか」

まさに今その存在を偲《しの》んでいたので、アマーリエは思わず目を瞠った。

だが、父にはお見通しなのだろう。エリクを失って、半狂乱になって泣き叫ぶアマーリエを抱き締めて宥《なだ》めてくれたのは、ほかでもない父だったのだから。

アマーリエは哀しく笑う。

「お父様は、お母様を忘れられて？」

問いかけで答えれば、父は小さく瞠目し、苦く笑った。

「……そんなところまで、お前は私そっくりなのだな」

軍人として、英雄と呼ばれるまでになった父のその才覚を色濃く受け継いだと言われるアマーリエは、性格もまた父とよく似ていた。

父も自分も、誰かを愛してしまえば、それが唯一無二となってしまう。

もし仮にエリクがここに居たとしても貴族でない彼を、アマーリエは夫に迎えることはできない。

エリクを夫とするためには、辺境伯という夢を諦めなければならなかっただろう。

そして、きっとアマーリエはそれを選んだだろう。無論、幼い頃からの夢を諦めることへの葛藤《かっとう》は生じるだろうが、でも最後にはエリクを選んだに違いない。

エリクを失うことの恐ろしさを身をもって知った今、それは確信をもって言える。

父は多分、アマーリエがエリクを選ぶことを許したのではないだろうか。母の喪失に誰よりも痛手をくらって、それでもなお生き続けている、父だから。

「アマーリエ、王に拝謁しに、王都へ行くか？」

アマーリエは困惑して小首を傾げた。父は一度アマーリエが承諾した内容を、こんなふうに繰り返したりするような人ではない。

父は椅子の背もたれに身を預け、微苦笑を浮かべて、立ったままのアマーリエを見上げていた。それは途方に暮れた表情にも見えた。

「……お父様？」

「私はこれまで、お前に見せなかったものがある」

「……見せなかったもの？」

おうむ返しをすれば、父は何かを思案するように瞼を閉じた。

「果たしてそれがお前のためになるのか、測りかねていたからだ。正直なところ、今でも分からない。だが、だからこそ、お前に選ばせるべきだと思ったのだ」

「……私が、選ぶ？」

「選ぶだけではない。惑い、苦しみ、道を切り拓かねばならないだろう」

どういう意味なのだろう。

アマーリエは眉根を寄せた。

自分に見せなかったものとは何なのか。恐らく、父は今教える気はないのだろう。だが、王都へ行けばそれが分かる。そう言いたいのだ。

——お父様は、何かを知っている。

「どうする、アマーリエ」

間を置かず父が訊いた。

なぜ、何が、という疑問は渦巻いている。

王都へ行くこと。

即ち、己の配偶者を得ること。

そしてそれが、父の提示した謎を解くことに繋がる。

挑戦を突きつけられ、後ずさりするアマーリエではない。

何より、この謎を提示される直前の話題は『エリク』だ。

――この胸の空洞を埋められるのであれば。

エリクに繋がる手がかりがあるのだとすれば。

アマーリエの答えは決まっていた。

「行きます」

きっぱりと告げた娘に、父は小さな嘆息を漏らした。

それが喜びからのものなのか、呆れからのものなのか、アマーリエには判別がつかなかった。

＊＊＊

ガタガタと揺れる馬車の中で、アマーリエは居心地の悪さにモゾモゾと身体を動かした。愛娘の社交界デビューとあって、無骨な父であってもさすがに見栄があったらしい。ニュンベルグ辺境伯の紋章の入った四頭立てのその馬車は、非常に豪奢《ごうしゃ》な造りだった。金塗りの外装に、中は上質の真紅のビロード張りで、馬車の中では随分と広い部類だったが、それでも普段単身で馬に乗っているアマーリエにとっては窮屈で仕方ない。その上、久し振りに身に着けたコルセットは、叔母の指示でこれ以上はないほど締めつけられている。

アマーリエはニュンベルグでは男装でいることが多く、ドレスを着る際にも簡単なコルセットしか身に着けない。ニュンベルグは他国の侵略口となる軍用地だ。周辺諸国との関係は今のところ小康《しょうこう》を保っているが、いつ何時攻め入って来るか分からない。そのため、普段王都にいる父に代わって、いつ何時でも国境警備軍の指揮を執れるよう、動きづらいドレス姿でいるのは最低限に止めているのだ。

そんな訳で、軍事訓練で多少の痛みや苦痛に耐性のあるアマーリエでも、今このコルセットには非常に苦戦を強いられている。

——世の貴族の女性はたおやかそうに見えてこんな拷問器具に耐えているなんて……。

ヒラヒラとした蝶のようだと思っていた叔母をはじめとする女性たちが、太刀打ちできない猛者のように思えてくる。

深呼吸も兼ねて大きな吐息を吐けば、隣に座っていた叔母のヨハナがクスクスと笑った。

「始まる前から疲れてしまっているようね、アマーリエ」

「……はぁ……」

げんなりとした目で叔母を見れば、彼女は大きな扇を手にまっすぐに背筋を伸ばし、実に優雅な佇《たたず》まいだ。とても自分と同じような拘束器具を身に着けているとは思えない。

亡き母の妹である叔母のヨハナは華やかなことが大好きで、社交界の重鎮の一人となっている。今回、僻地に住む姪のデビューを聞きつけ、大はりきりでデビュタントの付き添い役を引き受けてくれたのだ。

「世の淑女の皆様って、凄いのね……」

コルセットをはめた腹部を撫でながら感慨深くそう言うと、ヨハナは大きく眉を上げた。

「あなたったら。今からそれを着けてカドリールも踊らなくちゃならないっていうのに、そんな軟弱なことでどうするの」

「うう……」

「手順は頭に入ってるわね？　謁見の間での陛下への拝謁が終わったら、陛下の合図で音楽が流れるの。そしたらエスコート役であるあなたのお父様をパートナーに、カドリールを踊るのよ。分かっている。分かっていて？」

勿論分かっている。分かってはいるが、非常に気が重い。

体を動かすことは好きだから、ダンスは嫌いではない。コルセットも、まぁ苦しいが甲冑よりは重くない。

アマーリエを一番億劫《おっくう》にさせているのは、やはり『婿探し』の方だった。

――エリク。

あの猫の目が恋しい。

自分にだけ見せる、はにかんだような笑顔をもう一度見たい。

あの陽に透けるような白金の髪に頬擦りをしたい。

――私は、未練がましいのかしら。

いなくなって、もう六年も経ってしまった。

アマーリエは成長し、少女ではなくなった。それなのに、記憶の中のエリクはまだ手足の細い少年のままだ。

それでも、彼を忘れられず、恋しいと思い続ける自分は、どこかおかしいのだろうか。

半身だと、そう思っていた。それが思い込みだったとして、けれどあれは確かに愛で、恋だったのだと思う。エリクのすべてが愛しく、エリクがいてくれるだけで、すべてが煌めいていた。

「……領内に誰か、好きな人がいたの？」

叔母の問いかけに、アマーリエはハッとして目を上げた。

エリクを思い出し、ぼんやりとしてしまっていたらしい。

叔母が気遣わしげにこちらを見ていた。

「……忘れ、られないのです、どうしても。もう、いないのに……離れてしまったのに」

エリクはどうしていなくなったのだろう。

それはずっと解けない謎だ。

——でも、きっと、エリクは私のためにいなくなった。

だって、アマーリエを救うこととなったあの薬を渡して、エリクは消えたのだ。姿を消さなくてはならなくなった、何かが起こったのだ。

『これは僕の存在した証だから』

そう言って、エリクがアマーリエに唯一残した物——あの黒い種の入った小瓶。

アマーリエはそれをネックレスに仕立て、常に身に着けている。普段はシャツの内側に仕舞い込んでいるが、今日はドレスなので見えてしまっている。

無意識に胸元に手をやれば、叔母がフッと溜め息を吐いた。

「そのネックレスをくれた人なの？」

言い当てられ、アマーリエは苦笑する。

「はい」

「そう……どんな人だったの？　貴族の方？」

言われて、アマーリエは小首を傾げた。叔母が訊きたいのは、次期辺境伯であるアマーリエに釣り合う身分かどうかということなのだろうが、アマーリエが考えたのは、もっと根本的なことだった。

――エリクは何者だったのだろう。

時代から取り残されたような閉鎖的な村で、家畜同然に飼われていた傷だらけの少年。猫のような瞳と、夏の陽射しのような白金の髪を持っていた。

半身だと、そう思っていた。それだけでよかった。

けれど、今思えば多くの疑問が湧いてくる。

なぜエリクはあの村で飼われていたのか。

あの村人はエリクを『忌子』と呼んでいた。では『忌子』とは村にとって何なのか。

エリクの変わった瞳を疎んでいたのならば、殺せばよかったはずだ。なぜ生かし続けていたのか。

――何か目的があったはず。

現に、あの村の連中はエリクを取り戻そうと必死だったのだから。

けれど、確かめようにも、もうエリクもあの村もない。

すべてを謎にしたまま、エリクは消えてしまった。

まるでそれが目的であったかのように。

――あなたは、何者だったの、エリク。

魂の半身だと言いながら、何一つ彼のことを知らないままだったと気がつき、苦笑が漏れた。

それを返事代わりと捉えたのか、叔母が「まぁ……」と小さく呟き、アマーリエの肩を優しく撫でた。

「仕方ないわ。あなたは次期ニュンベルグ辺境伯なのだもの。伴侶となる方には、それ相応の身分が必要なのだから……。でも、安心して。社交界ではきっとあなたのおめがねに適う男性がたくさんいるはずよ！」

身分違いの恋だったのだと結論づけたらしい叔母が、励まそうと懸命に言葉を重ねるのにアマーリエは溜め息を呑み込んで応じた。

「そうですか」

「そうよ！　お婿に来ていただかないといけないから、嫡男の方は除外するにしても、公爵家であるバルツァー家にはあなたと同世代の三兄弟がいるし、バイアー伯爵家の次男も美男で有名よ！　ああ、それに、噂の『猫の目の騎士』も外せないわね！」

叔母の言葉に、アマーリエの心臓に衝撃が走った。

――『猫の目の騎士』!?

どくどくと心臓が早鐘を打つ。

猫の目――それが、エリクと同じ目の特徴を表しているのだとすれば……。

――まさか。そんなはず……。

内心の動揺を押し隠すようにして、アマーリエは叔母に尋ねた。

「叔母様……『猫の目の騎士』って……？」

すると、姪の興味を引けたのが嬉しかったのか、ヨハナは弾んだ声で説明をしてくれた。

「まぁ、あなたもあの方の噂を聞いていて？　神秘的よねぇ。明るい場所では、猫のように瞳孔が細くなる金の瞳ですって！　それを『薄気味悪い』だの『悪魔の申し子』だのと陰口を叩く人たちもいたらしいけれど、なにしろ陛下のお気に入りの側近ですもの。最近では、自分の寵臣が無冠では箔《はく》が落ちるからと、一代貴族ではあるけれど男爵位をお授けになって！　一介の騎士でしかなかった時から人気はあったけれど、ブロン男爵となってからは、デビュタントたちもその親も、目の色を変えているわ！　それはそうよねぇ。あんなに美しい男性は、そういないもの！」

――陛下の側近……？　ブロン男爵……？

この社交界デビューに際し、父が言っていた言葉を思い出す。

『私はこれまで、お前に見せなかったものがある』

そして、王に拝謁しに王都へ行くかと、そう尋ねたのだ。

——お父様は、もしかして……？

湧き上がった疑念に、アマーリエは正直なところ困惑した。怒ればいいのか、喜べばいいのか分からなかったからだ。

「叔母様……その、『猫の目の騎士』は……ブロン男爵の、髪の、お色は……？」

語尾が小さくなってしまったのは、震えてしまったのを悟られないためだ。

けれど叔母はまったく気にならなかったようで、にこにこと笑いながら言ったのだった。

「白金よ。夏の陽射しのような、美しい色。白金の髪に金の瞳でしょう？　ホラ、神の御使いエリクと同じ色だから、『エリクの君』とも呼ばれているわ」

アマーリエは瞼を閉じた。

——エリク。

ようやく、見つけた。


先に王城へ出向いていた父と合流したのは、王に拝謁する直前だった。

本来ならば、他の大勢のデビュタントと一緒の予定だったのだが、父が重鎮であるため、アマーリエだけ別枠で謁見となったのだ。

豪華な拝謁の控えの間にてデビュタントの令嬢よろしく粛々と待っていると、父が入って来てその隣に立った。

周囲には赤と黒の制服を着た王立騎士らが警備についている。

アマーリエは顔を正面に向けたまま、父にだけ聞こえるよう小声で言った。

「『猫の目の騎士』には、会えるのですか？」

それだけで、父には通じたようだ。フ、と笑う気配がして、父が首肯するのが分かった。

――やはり、お父様は知っていたのだ。

『猫の目の騎士』は、エリクなのだ。

彼がいつ頃から王の側近となったのかは分からないが、王の重鎮である父が、その存在を知らないはずがない。

――思い返せば、お父様は唐突にエリクの捜索を打ち切ってしまわれた。

エリクがいなくなったと同時に、あのいわく付きの村クレ・エ・ジーアが何者かの手により放火で全焼してしまったため、父は関係があると見られるエリクを何年も捜索していた。

だが元王立騎士団長であり、現国境警備軍の長である父の人脈をもってしても、エリクの行方は杳《よう》として知れなかった。もしやあの火事でエリクも――とよからぬ想像もしたが、父は少年らしい焼死体はなかったと言っていた。

そうまでしていたのに、唐突に捜索をやめてしまった父に、戸惑いがなかったとは言えない。どうして、という怒りもあった。だが諦めるには誰しもが頃合いと考えるほどの時間が既に経過してしまっていたし、アマーリエにしてみても、最後となったあの時の記憶から、エリクは自ら離れていったのだという諦念があった。

——けれどそれが、父がエリクを見つけてしまったから、だったとすれば？

消えたエリクが、王の側近として再び現れる。

恐らく、父は驚いただろう。

なぜ今までアマーリエにそのことを教えてくれなかったのか——腹が立ったが、回答は既に父が告げていた。

『果たしてそれがお前のためになるのか、測りかねていたからだ。正直なところ、今でも分からない。だが、だからこそ、お前に選ばせるべきだと思ったのだ』

アマーリエのためにならない、というのは、恐らく『猫の目の騎士』が無冠だったからだろう。アマーリエは貴族を配偶者としなくてはならないから。

だが、最近男爵位を得たと、叔母が言っていた。

だから、父はアマーリエを王都へ来させる気になったのだろう。

選ばせるも何も、端からアマーリエに辺境伯を継がないという選択肢を与えるつもりはなかったのだ。

「お父様は、本当に策士ね」

苛立ちを込めて皮肉ったつもりだったが、父はにんまりと笑うだけだ。

「そうでなければ、将軍など務まらん」

「そうでしょうとも」

普段なら感心するところでも、今回ばかりは腹立ちが抑えられなかった。つんと顎を上げて言い放てば、くすくすと父が笑う。

だが、すぐにその笑いは引っ込められた。そしていかにも愛娘の着飾った姿を愛でるような表情で見下ろすと、「お前はよく私似だと言われるが」と言って、頬にキスをする――振りをして、耳打ちをしてきた。

「アマーリエ。ブロン男爵は、エリクではない。陛下がそう保証なさった」

「――！」

エリクでは、ない？

頭が真っ白になって呆然とするアマーリエに、父は体勢を直してニコリと微笑んだ。

「私はそうは思わない」

「！」

「お前は、母似だよ。とてもよく似てきた」

――陛下は否と公言しているけど、お父様は『猫の目の騎士』をエリクだと思っている！

父の言わんとすることを瞬時に理解したアマーリエは、コクリと頷くと、父に微笑みを返した。

「まぁ、当たり前ですわ。私はお父様のように厳つくございませんから」

小生意気な物言いでそう返せば、騎士たちから笑い声が漏れた。英雄ニュンベルグ辺境伯も、愛娘の前では形無しと、微笑ましいシーンに見せられたようだ。

「ニュンベルグ辺境伯ご令嬢、アマーリエ・フォン・ニュンベルグ様。お入りください」

謁見の間の扉から、口髭を生やした老人がスルリと現れて、重々しくそう告げた。

――いよいよか。

ごくり、と唾を飲んで、アマーリエは拳を作る。だがすぐに、それが令嬢らしからぬ仕草だと気づき、手を開き、父を見た。

父は面白そうにこちらを見て、腕を差し出している。

いささかムッとしたが、あえて言及せず、その腕に右手を添える。

「では、参ろうか。愛娘よ」

「ええ、親愛なるお父様」

お互いに噴き出しそうになるのを必死で堪え、アマーリエ親子は前を向いた。

重厚な扉の向こうには、この国の王がいる。

――そして、エリク。

あなたに会いに、私はここに来たの。

魂の半身を、取り戻すために。

意志を込めて一歩を踏み出すと、扉が内側から左右に開いた。

開かれた扉の向こう側は、思いがけず狭かった。

いや、個室としては十二分の広さがあるが、謁見の間としては、想像していたよりも随分と手狭な気がする。謁見の間というのだから、玉座の置かれる壇場があったり、音楽を演奏する楽団の入る場所があってもいいはずなのだが。

ここには三人掛けと一人掛けのソファがそれぞれ一脚ずつ、そしてテーブルが置かれているだけで、そこに一人の青年がゆったりと座っていた。

短く癖のない黒髪が艶やかで、くっきりとした顔立ちの美しい青年。

ソファの肘掛けに身を預けるようにして、長い脚を組んでいる。

あまり上品な態度とは言えず、アマーリエは思わず周囲を見回した。手違いで別の部屋に案内されたのかと思ったのだ。すると青年がクッと押し殺したような笑い声を上げて、アマーリエをからかうように見た。

「ようこそ、我が城へ。会いたかったよ、英雄ギルベルトの愛娘」

その人物こそが、この国の王――フリードリヒ三世であると分かり、アマーリエは慌てて膝を折った。

「ニュンベルグ辺境伯ギルベルトが娘、アマーリエにございます。陛下におかれましては、御身、御世共にご健勝のこととお喜び申し上げます」

「この部屋に入って来て驚いていたね。部屋が小さくて驚いた？　それとも、私が王らしからぬので、驚いたのかな？」

用意してきた挨拶を無視して、王がいきなり突っ込んできた。

まさにそのとおりのことをいきなり言い当てられ、アマーリエは背に冷や汗が伝った。

——試されている。

そう肌で感じ取った。この王は、アマーリエがこの国の要地ニュンベルグの次期領主に相応しいかどうかを確かめているのだ。現に、隣に立つ父が何も助け舟を出さない。

——ならば。

アマーリエは膝を折った体勢のまま、逆に問いかけた。

「お許しいただけるのであれば、その質問にお答えする前に、こちらからお尋ねしたいことがあります」

「——へぇ、王の質問に質問で返すとは。随分と胆の据わった小娘だね」

す、と王の声が低くなったのが分かり、アマーリエは緊張に足が震えた。ドレスを着ていてよかった、とこの時ほど思ったことはない。裾が大きく広がったこのデザインは、震えを隠してくれるだろうから。

「顔をあげよ」

王が命じた。

アマーリエは一瞬強く目を瞑り、そしてできるだけ自然な仕草で顔を上げた。

怯んでいるのがばれては終わりだ。

——穏やかな表情で、微笑みを浮かべて。

アマーリエは心の中で唱える。

勝つための第一歩は、冷静であること。そして動揺を相手に悟られないこと。

まっすぐに王を見つめると、王はしばらくアマーリエの顔を眺めていたが、やがて「ふぅん」と呟いて口の端を上げた。

「いいよ。質問を許そう。ただし、二つだけだ。それ以上は許さない」

「ありがとうございます」

ひとまず一つ目の関門を突破したことに息をつき、アマーリエは頷いた。

許された質問は二つ。一つでなかっただけ、重畳《ちょうじょう》だろう。

「では、一つ目の質問です。私はこのお部屋が『謁見の間』だと聞かされ、連れて来られたのですが、こちらは真に『謁見の間』であるのでしょうか？」

アマーリエの問いに、王は何の感慨も見せずに首を振った。

「いや。ここは私の私室の一つだ」

「ありがとうございます。では、二つ目の質問です。私にこちらの部屋を『謁見の間』だと伝えたのは、陛下のご指示でしょうか？」

今度は王がしばし黙った。

アマーリエの意図を測っているのか、片方の眉を器用に上げて答えた。

「――そうだ」

「ありがとうございます。では、先ほどの陛下のご質問にお答えいたします。まず、はじめのご質問から。部屋が小さくて驚いたかとお尋ねになりました。答えは、そのとおりでございます。『謁見の間』と伺っておりましたので、多くの者に謁見をお許しになるには、そしてここでカドリールを踊るには、いささか手狭ではないかと考えたからです」

アマーリエの答えに、王は「なるほど」と腕を組んで相槌《あいづち》を打った。

「それで？　次の質問への答えは？」

次の質問――『私が王らしからぬので、驚いたのかな？』というものだ。

下手を打てば不敬罪で投獄されかねない質問だ。

アマーリエはことさらにっこりと微笑んだ。

「私の答えは、陛下。――いいえ。王らしからぬから、驚いたのではありません。私は『王』に拝謁するのは此度《こたび》が初めてでございますゆえ、『王らしからぬ』ということすら推し量ることはできません」

アマーリエの回答に、王が虚《きょ》を衝《つ》かれたように瞠目する。それを見逃さず、アマーリエは畳み掛けるように続けた。

「けれど、あえて『王らしさ』の例を挙げるとするならば、先ほどいただいた二つ目の質問にそれがあったと考えます。私にあえてここを『謁見の間』と思わせ反応を見ることで、恐らく陛下は私が臣下たる資格を有しているか否かをお試しになったのではないでしょうか。英雄の子であるからといって、その子供までもが有能とは限りません。情に引き摺られず、臣下となる者をあくまで平等に選抜なさるその公正さも、統率者にはなくてはならない資質と存じます」

目線を上げれば、王の面白そうな眼差しとぶつかった。笑みを浮かべているようで、虎視眈々《こしたんたん》と隙を狙う獣の目だ。アマーリエは微笑みに力を込めた。

「父にとっても、無論私にとっても、『王』は陛下お一人でございます。唯一の王たる陛下がぼろを身に纏っていたとして、それが陛下であらせられる以上、私は喜んで跪《ひざまず》きましょう」

言い切り、今度は騎士の取る片膝を立てた礼をする——次期ニュンベルグ辺境伯、そして次期国境警備軍の将として、王に忠誠を誓うという意味を込めて。

アマーリエの真意を理解したのか、王が哄笑した。軽やかな、小気味のいい笑い声だった。

「ギルベルト、さすがにお前の娘だ！　なかなかに口が巧《うま》い！」

すると父が肩を竦めてフン、と鼻を鳴らす。

「陛下の御前に出すのです。咄嗟の言い逃れができる程度には、仕込んでありますとも」

「ふ、咄嗟の言い逃れ、な。なるほど、頭の回転の速さに加え、豪胆さがなければできぬ業とも言えようよ。英雄の娘としては、まずまずといったところか」

どうやら王の品定めには及第点をいただけたようだ。

アマーリエは内心盛大な溜め息を吐いた。

どうやら、我が王は随分と食わせ者のようだ。気さくそうな口調や雰囲気とは裏腹に、人を品定めする刃物のような目と頭を持っている。

——それも仕方のないことなのでしょうけど。

なにしろ、このフリードリヒ三世は、前ニュンベルグ辺境伯アウスレインによって、父王や母妃、そして兄王子たちを惨殺されたのだから。

その当時、隣国に留学に出ていたフリードリヒは十三歳だったという。

アウスレインを反逆者として討伐するため、父ギルベルトはアウスレインの凶行が明るみに出たのと同時に、唯一の王家の生き残りである第三王子をその魔手《ましゅ》から護り、更には逆賊討伐の旗印とするため、隣国まで風のように走った。そして両親と兄たちの死を知ったフリードリヒは、国の片翼ともされる強大な力を持つアウスレインに与《くみ》することなく、まっすぐに自分のもとへ馳せ参じたギルベルトを労い、迷うことなく手を組んだ。

それ故、この年若き王のギルベルトへの信頼は絶大なものがある。

そのギルベルトの娘であるといえど、無条件に信用しない慎重さは、この王にとっては必然であるのかもしれない。

しかし、こんな気の抜けない王とほぼ毎日を過ごしている父は、かなり豪の者と言える。

「それで、英雄の娘。初めての王都はいかがかな？」

——私は、まだ『英雄の娘』でしかないという訳ね。

名を呼ばぬ王は、まだ『アマーリエ』個人を認めたつもりはないのだろう。

アマーリエは気を引き締め直して考える。

ここに、アマーリエの目的はまだいない。

王の側近であるという『ブロン男爵』――エリクの姿が。

――私は、エリクに会うために、ここに来たの！

「はい、陛下。まだ到着して間もありませんゆえ、感想を申し上げようにも、まだ見聞が十分ではありません」

アマーリエの答えに、王がまた小さく笑い声を上げた。

「ほぅ。見聞が？　では英雄の娘。お前ならば何を見たい？」

「はい。まずは王立騎士団を。父の前職でもありましたし、王都を護る彼らの訓練の様子やその実力をこの目で見てみたいと思っております。そして城下町の様子も。国民の中でも最も情報に敏感である彼らがどんな価値観を持ち、どのような生活をしているかを知りたいと思います」

流れるように言うアマーリエに、王が肩を竦めた。

「おやおや。年頃の娘とは思えぬ勇ましい内容ばかりだな。お前は社交界にデビューし、結婚相手を探しに来たのではなかったのか？」

「……勿論でございます、陛下」

アマーリエはつと目を伏せた。少しは恥じらう乙女の様に見えるだろうか。

「私とて十八の娘でございます。王都の洗練された皆様には気後れするばかりですが、それでも噂は気になります」

「ほう、噂とな？」

「はい。美しき陛下の側近――『エリクの君』のお噂は、辺境の地に住まう私の耳にも……」

「エリク……コンラートか」

――コンラート？

それが今のエリクの名なのだろうか？

そういえば、叔母からも『猫の目の騎士』という異名と『ブロン男爵』という爵位名しか聞いていなかった。

だがそれよりも、とアマーリエは再び王へと関心を戻す。

王はくつくつと喉を鳴らし笑っていた。

エリク――その名を出した途端、王の纏う空気が変わったのが分かった。

たとえるなら、紙に炎が移る瞬間だろうか。怒りか歓喜か――その感情が何かは測りかねたが、何らかの感情が、王の中で動いたのだけは感じ取れた。

「お前たちは親子して、あの『猫の目』に興味があるようだな。ギルベルトもあれを見た瞬間、『エリク』と叫んだんだよ」

「――！」

やはり、父はその『猫の目の騎士』を初めて見た時、エリクだと思ったのだ。

「確か、ニュンベルグで拾った養い子と同じ顔だと言っていたな、ギルベルト」

王は今度はアマーリエの隣に立つ父へ向かって問いかける。

父は眉を上げ、一拍の間を置き、ええ、と首を振った。

「今でも同じ顔ですよ、陛下」

「ふぅん。あれ以来お前はその話題を持ち出さなかったが、そう言うってことは、今でもあれが自分の養い子だと思ってるんだな？」

「私の考えは陛下と同じですよ」

しれっと答える父に、王が弾けるように笑った。

「だから私はお前が好きなんだよ、ギルベルト！　ではお前の娘がどう出るか、試してみようじゃないか！　娘、お前もその養い子とやらを知っているのだろう？」

王の問いかけに、アマーリエは息を呑むようにして頷いた。

「……はい！　彼を……エリクを見つけたのは、私ですから！」

すると王は目をぱちくりとして、それからニタリと口角を上げた。

「――へえ。それは面白い。おい、コンラートを呼べ！」

王が誰ともなく命令すれば、部屋の奥にある扉から近侍らしき少年がするりと現れ、「御意」と答えてまたどこかへいなくなった。音もなく現れ去って行った少年に驚かされたアマーリエは、正面から視線を感じて慌ててそちらに目を向けた。

王が笑みを浮かべてこちらを見ていて、内心ぎょっとする。

にんまりとした笑みで、王は度肝を抜く発言をした。

「私はお前を待っていたのかもしれないな」

「――――」

それは一体どういう意味なのか――。

一歩間違えれば求愛とも取れる内容に、答えに窮していると、今度は小さなノックの音と共に、あの少年がまた猫のように無音で扉から現れた。

「ブロン男爵が参られました」

4　ゲーム

「通せ」
王の命令は素早かった。それに間を置かずに、アマーリエの背後の扉が叩かれる。
どくり、と心臓が音を立てた。
扉一枚を挟んで、彼が——『猫の目の騎士』がいる。
彼がエリクなのか。
王は公に否定し、父は肯定した。
——私は、分かる。エリクなら、必ず！
魂の半身。そう思った。思い続けた。今でも。
「コンラート・フェヒナー、参りました」
扉を通して声が聞こえた。低い声だ。大人の男の声。
アマーリエの記憶の中のエリクは、もっと高い少年の声だった。

——エリクなの？　でも、違う声だわ。違うけれど……。

エリクも生きているならば、もう立派な青年だ。声だって低くなっている。

どくん、どくん、と血脈に血が流れる音が脳裏に響くようだ。

早鐘を打つ心臓が、アマーリエの期待を増大させる。痛いほどに。

エリク。エリク、エリク。

——あなたなの、エリク。

「入れ」

王が応じ、ドアノブが回される。アマーリエの喉が鳴った。

「失礼いたします」

扉越しではない、明瞭な声が鼓膜を打った。後ろに感じる存在に、アマーリエの全神経が集中する。

背は、高い。今程の声は上の方から響いた。

歩幅は大きく、けれど極力音を立てない戦士の足取りだ。

——エリクもまた、まるで猫のように歩いていた。

音もなく、気配もなく、でもアマーリエにだけは、いつだって分かった。

エリクが傍にいると。

しっかりとした体躯の男が、アマーリエの隣に立った。

その気配にアマーリエは総毛立つ。身体中の血が沸き立つようだ。

アマーリエの細胞の一つひとつが、歓喜して叫んでいる。

――エリク！

「お呼びと伺いましたが、陛下」

――エリク。エリク、エリク、エリク……！

顔を見るまでもない。瞳を確認するまでもない。

エリクだ。彼は、エリクだ！

視界がぼやけた。ぼたぼたと生温い雫が自分のドレスの胸元を濡らしていく。

どんなに捜したか。どんなに待っていたか。

捜して捜して、待って待って、自分が本当にエリクを欲しているのかすら分からなくなるほど。

会いたかった。会いたかった。会いたかった。

――死ぬほど。

そうだ。死ぬほど、会いたかった。会えないでいたこれまでの時間、アマーリエは死んだも同然だったのだ。

「エリク……！」

漏れ出た呟きは、掠《かす》れ切って、まるで血を吐くような無様な声だった。

涙を滂沱《ぼうだ》と零しながら、それでも動けないでいるアマーリエの呟きに、隣に立つ男の肩がぴくりと揺れた。

だが、それだけだった。

男はそのまま無言を貫き、ただ王の前に立っている。

奇妙な沈黙が場を支配した。

王は相変わらずソファに座ったまま頬杖を突いて、観察するようにこちらを見つめていたが、隣の存在に圧倒されていたアマーリエはそれに気づくことができないでいた。

「コンラート。そこの娘に見覚えは？」

しばし続いた音のない空気に、仕方なしにと言った具合で、王が口を開いた。

すると男が首を動かして、アマーリエを見たのが分かった。それに合わせるように、アマーリエもまたそちらへ顔を向ける。

涙に霞んだ視界を拭うように瞬きをすれば、目に飛び込んできたのは、煌めく白金——真夏の陽射しのような、長く美しい髪だった。

あの頃には短かった髪が、背を覆うほどに長く伸びていた。

そして、こちらをまっすぐに射貫く、琥珀の瞳。

「エリク……！」

アマーリエは微笑んで名を呼んだ。

エリクはすっかり青年になっていた。

身に着けているのは、濃鼠色の騎士服だ。この部屋の扉の脇に立っていた騎士たちの制服とはまた違う色だから、王立騎士団ではないのかもしれない。ぴったりと身体に密着す

るような作りの服から、彼の鍛え上げられたしなやかな筋肉が想像できた。無駄のない武人の肉体だ、とアマーリエは思った。きっと厳しい鍛錬を欠かさなかったのだろう。ニュンベルグに居た頃も、エリクは誰よりも努力家だったから。

柔らかな少年の輪郭《りんかく》は既に失われ、太くしっかりとした骨格に変わっている。それでも均整のとれた顔立ちはどこか優美で、まさに美の象徴とされる神の御使い『エリク』そのものだ。

再会の感涙に咽《むせ》ぶアマーリエに、しかしエリクは無表情のままだった。

細工人形のようにアマーリエを見つめ、小さく首を傾げた。

「さぁ。初めてお会いするので、申し訳ありませんが存じ上げませんね」

「……！」

アマーリエは凍りつく思いがした。エリクの表情は淡々としていて、アマーリエを見ても何の感慨も湧いていないように見える。

「隣におわすのがニュンベルグ辺境伯であるということは、秘蔵っ子と噂されている、彼のご令嬢でしょうか」

のうのうとそんな推測まで口にしている。

ようやく再びまみえたという喜びに、冷水を浴びせかけられた気分だった。

——そんな、ばかなことを！

カッと頭に血が上った。アマーリエはエリクに噛みつかんばかりに一喝した。

「お黙りなさい!!」

我ながら驚くほどの凄みのある怒声だった。だがそんなことはまったく気にならないほど、アマーリエは怒り狂っていた。

呆気に取られたように両目を見開いているエリクの襟首を掴み上げると、アマーリエはあと少しで触れるところまで顔を突き合わせる。

「なにが『初めてお会いする』？　『存じ上げない』？　寝言は寝て言いなさい。あなたはエリクよ。私が見つけ、そう名づけたの」

アマーリエは微笑んですらいた。

怒りが頂点に達すると、人は微笑むらしい。戦場での父は微笑むのだと、以前父の腹心が言っていた。その時はゾッとしたものだが、今なら父の気持ちが分かる。

アマーリエはエリクの琥珀の瞳を射るように睨みつける。

半ば首を絞められた状態でいるにもかかわらず、エリクは瞠目したまま、アマーリエを凝視していた――その縦長の瞳孔で。

――猫の瞳。

陽の光の中だけでなく、興奮したり、緊張した時に、エリクの瞳孔は細くなるのだ。

「この私があなたを見誤るとでも思って？　見くびらないでちょうだい！　どれだけ一緒にいたと思ってるの！　どれほどあなたを捜したと思ってるの！」

半身だ。誰よりも近く、誰よりも傍にいた。

どれほど捜したか。どれほど焦がれたか。どれほど、会いたかったか。

――どれほど愛してるか！

「私を謀ろうなんて……嘘を吐くなんて、エリク、絶対に許さないわよ!!」

許さない。私を忘れるなんて。私から、離れるだなんて！

魂からのその叫びに、エリクは圧倒されているように見えた。

こちらを見つめるその瞳が、ふ、と弛んだ。

まるで夢見るように甘く揺らいで、ゆるりと瞼が閉じられる。

その仕草は、記憶の中のエリクと同じだった。エリクはよく、こうして恍惚《こうこつ》とした表情でアマーリエを見ていた。

その表情の所以を、アマーリエも知っている。

これは、歓《よろこ》びだ。己の半身が共にあることの、歓び。

アマーリエもまた、エリクと共にある時に、同じ歓びを感じていたのだから。

だが、目を開いたエリクが放った一言に、アマーリエの怒りは再燃させられる。

「ニュンベルグ辺境伯、失礼ですが、あなたのご息女は妄想癖でもおありなのですか？」

それを聞いた瞬間、アマーリエは利き手である右手を振り上げていた。

バシン、という盛大な破裂音が鳴り、次いで王の哄笑が王城に響き渡ったのだった。

＊＊＊

激昂する娘の手綱を引くようにして、ニュンベルグ辺境伯は王の私室を辞した。

王はまだ足りないのか、身を小刻みに震わせて笑いを堪えている。

コンラートは憮然として王を睨んだ。

「それで？　私に何の用だったのですか」

立ったまま、ソファに座る王を見下ろすように喋っているというのに、王はまったく気にした様子もなく、目尻に溜まった涙を指で拭いつつこちらを振り仰ぐ。

——本当に、いつ見ても『王』らしからぬ男だ。

それはそうだろう。もともと、王になる予定ではなかった男だ。王家の愛されし三男坊と言われていたらしい。亡き先王とその妃が目に入れても痛くないほどかわいがっていたという。

こんなふうに涙を流して笑い転げる姿は、悪戯坊主そのものだ。

——だが、それだけではない。

信頼していた寵臣に両親と兄たちを殺された、孤高の王子だ。人を観察し、躊躇いなく殺す冷厳さも持っている。

——いつ寝首をかかれるか分からない。

そもそも、自分が側近として傍に置かれるようになったのも、この王の気まぐれだった。

その裏には、勿論自分を監視するという意図もあるのだろうが、それにしても素性の知れない者を側近にするなど、狂気の沙汰だ。

まして、自分は王を殺そうとした者だというのに。

王はコンラートの顔を見るなり、ブフッと噴き出して左頬を指差した。

「おまっ……そこ、冷やした方がいいんじゃないか……？」

こちらの質問に答える気のない対応に苛立ちながら、コンラートは唸った。

「たかが女の平手です。冷やすまでもない」

本当は『たかが』などと優しいものではない。次期国境警備軍将軍の渾身の平手打ちだった。

左頬に感じる、じんとした熱。きっと赤く腫《は》れているのだろう。

無表情で答えるコンラートに、王はフンと鼻を鳴らす。

「女の手、と言ってもな。あのご令嬢、ニュンベルグでは父親の名代として国境警備軍を指揮して剣を振るっているそうだぞ。あの腕の筋肉を見ただろう？　細くはあっても、無駄な贅肉《ぜいにく》がなく鍛え上げられている。しなやかな女豹《めひょう》のようだ。いい女だよ。そうは思わなかったか？　コンラート」

王がニヤニヤとした笑いを口許に浮かべて、意味あり気な目線をこちらへと向けた。

なるほど、ボロを出させたいわけか。

——だが、そういうわけにもいかないんだよ。

内心をおくびにも出さず、コンラートは困ったように眉を顰めてみせる。

「さて。私は女性に興味がないもので。美醜《びしゅう》は分かりかねますね」

「まだ男色家と言い張るか。もうその手には乗らないぞ。この六年、お前は女を寄せつけないだけでなく、男すら寄せつけるのを見たことがないんだからな！」

「実は女性はうんと若いのが好みなんです。そうですね、五歳くらいかな」

「今度は幼女趣味だと！　お前は子供嫌いだろうが！　この間アーレンスが連れてきた孫娘を虫でも見るかのような目で見ていたくせに、嘘を吐くな！」

王にすかさず切り返され、コンラートは肩を竦めた。そう言えば以前バルテン侯爵が連れてきた、やたらキャンキャンと喚く我が儘な子供がいたなと思い出す。

「あの子供は頭が悪そうでしたから」

「アーレンスに聞かれたら殺されるぞ、お前……」

王のその発言に、コンラートは今度こそ笑い声を上げた。

「あのご老体に私を殺せるとは思いませんが……だが叶うのであればそれこそ本望ですよ」

そうだ。あの時から、ずっと死にたかった。

自分は生きていてはならないと分かったから。

コンラートの呟きに、王は不愉快そうに顔を顰めてソファから身を起こす。立ち上がれば王はコンラートよりも背が高い。鼻を突き合わせるようにして迫られ、王の黒く鋭い眼差しに射貫かれた。

「死んで逃げるか、『王殺し』」

嘲笑——いや、憎悪、か。憎しみの籠もった酷く昏《くら》い笑みで、王が囁く。

『王殺し』。久し振りに聞いたその呼び名に、コンラートもまた昏い笑みで応じる。

それは自嘲だった。

「逃げられるものなら」

逃げられるものなら、とうに逃げていた。死ねるものなら、とうに死んでいた。

だが、できない。

自分にはまだ、成さねばならないことがあるから。

——そのためには。

コンラートは指先で左頬に触れる。熱を孕《はら》んで、腫れたその場所。

ここを打った時の彼女の表情が目に焼きついている。涙をいっぱいに浮かべたその瞳は、きらきらと輝いていた。美しかった。思い出の中よりも、ずっと力強く、鮮烈に、彼女は美しくなっていた。

彼女はいつだって、こうやってコンラートの身体に疼きをもたらす存在だ。

会いたかった——会いたくなかった。

会ってしまえば、生にしがみつきたくなると分かっていたから。

コンラートは『死』そのものだ。繰り返し重ねられてきた穢れの結晶。

忌むべき存在の自分には、彼女は眩しすぎる。本来あってはならない穢れが、光の中にいる彼女の傍になどいていいはずがない。

茫洋《ぼうよう》とどこかを見るコンラートに、王が苛立ったように舌打ちをした。

「逃がすものか、『王殺し』」

その声に、コンラートは我に返る。目の前に迫る漆黒の双眸が、憎しみを湛えてこちらに挑んでいた。その憎悪の色に安堵する。

――そうだ。私は忌むべき存在だ。

「私の欲しいものを手に入れるまで、私はお前を逃がしはしない」

低い低い獣のような唸り声に、コンラートは破顔《はがん》した。

それはつまり、王がそれを『手に入れていない』証拠だから。

コンラートはそれを確認するために、ここにいるのだから。

王がそれを手に入れた時、王を殺すために。

六年前に始まった。王とコンラートのゲームは、まだ続いている。

＊＊＊

桜草、水仙、アネモネ、スノードロップ――色とりどりの春の花々が咲き乱れている。

どこからか漂ってくる甘い芳香は、沈丁花《じんちょうげ》だろうか。生い茂る木々も花盛りのものばかりで、どちらを向いても花が咲き乱れている。まさに百花繚乱《ひゃっかりょうらん》。

しかし、せっかく美しい花々を前にして、ちっとも愛でる気になれないのが非常に残念だ。

アマーリエは今、王城にある温室に来ていた。

王の部屋でのあの一件の後、社交界デビューの場となる王主催の舞踏会を無事に終えて帰宅したところ、王からの使者がやって来て招待状を手渡されたのだ。

『私の秘密の花園での茶会に招待しよう。

我ながら出来栄えのよい花園だ。

――追伸。

私の側近は茶を淹れるのが非常に巧い。』

――断れるはずがないでしょう？

王手ずから、エリクへの接触を御膳立てしてくれたのだ。

そこにどんな意図があるかは図りかねたが、何としてでもエリクにもう一度会いたいと思っていたアマーリエにとっては、渡りに船の話だった。実のところ、舞踏会で会えると踏んでいたのに、エリクが出席していなかったため、焦っていたのだ。

もっとも、追伸の記がなくとも、王の誘いをアマーリエに断る術はないが。

何としてでもエリクに真実を吐かせようと意気込んできたものの、実際にそのお茶会とやらに乗り込んでみると、なんともやりづらい空気が漂っていた。

　そこはとにかく、煌びやかすぎた。王が自慢するだけあって、温室は見事なものだった。ガラス張りの大きな温室の中は花盛りで、中央には優美な噴水が清らかな水を湛えている。その前に猫足の華奢《きゃしゃ》なテーブルと椅子が置かれ、アイシングやクリームで愛らしく飾られた焼き菓子や、彩りのよいサンドウィッチなどの軽食が用意されていた。

　それだけでもアマーリエの苦手とする上品で貴族的な雰囲気満載だというのに、極めつけは美貌の青年二人だ。王はその黒い瞳と髪に合わせたのか、漆黒の艶のある乗馬服を身に着けており、少し気だるげに椅子に腰掛けている。その傍には、まるで執事のように背筋を伸ばして立つエリクの姿があった。今日は騎士服ではなく、王と同じ乗馬服姿だ。他の人間が身に着ければ気障《きざ》ったらしくなりそうな夏虫色は、しかし極端に色素の薄いエリクには厭みなく似合っていた。長く柔らかな白金の髪が、緩く編まれて背に流されている。

　田舎で泥まみれになって剣術や河川工事に明け暮れていたアマーリエにとっては、見ているだけで気後れしてしまう、きららかな光景だ。

　そんな中に自分が入り込むなど、正直言って御免こうむりたいことこの上ないが、エリクを目の前にして、場違いだからと引き下がれるわけもない。

「お招きいただきありがとうございます、陛下」

　ドレスの裾を持ち上げ膝を折り、淑女らしく挨拶をすれば、王はにこやかに頷いた。

「よく来てくれたな、英雄の娘。待っていたぞ。さぁ、座るがいい」

促されたのは、王の向かいの席だ。アマーリエはもう一度膝を軽く折り、指示された席へと向かった。するとエリクがスッとアマーリエの背後に回り、椅子を引いてくれる。

思いがけず彼を近くに感じて、どきん、とアマーリエの心臓が鳴った。

エリクではないと白《しら》を切られてあれほど腹が立っていたというのに、傍に寄られただけで胸を高鳴らせるのだから、自分の怒りも随分いい加減なものだと、心の中で自嘲する。

「昨夜は楽しんだか？」

席に着いたアマーリエに王が訊いた。それが舞踏会を指していると気づいて、アマーリエは苦笑してみせる。

「はい、と言いたいところですが」

控え目に俯くアマーリエに、王がおや、と眉を上げた。

「よい婿候補はいなかったのか？」

「……いえ、私は田舎娘でございますゆえ、あのように煌びやかな場では気後れしてしまって……」

つくづく、歯に衣着せぬ物言いの上に、食えない王だと思う。

王のこの無神経ともいえる毒舌の裏には、何か意図があるのだろう。

だがその内容までは分からない。用心しつつ、無難な回答を選びながら王の様子を窺えば、王は「ふうん」と曖昧な相槌を打って、エリクの方を振り返った。

「なあ、コンラート。この令嬢は、自分の婿探しに王都へ出て来たんだそうだぞ。お前、婿に行ったらどうだ？」

アマーリエは仰天して目を剝いた。

いきなりなんてことを言うのだろう。戯れにしてもあまりに無神経な内容だ。

エリクは紅茶をカップに注いでいるところだったが、王の問いかけは意に介さないといった無表情で答えた。

「どうして私が？」

その一言で、動転していた心が急速に冷やされる。王の問いはアマーリエにしてみても予期せぬ腹立たしいものだったが、心のどこかでそうなればいいと願っていたことそのものだったから。

一人凍りつくアマーリエをよそに、二人の男は話を続けている。

「おいおい、仮にもご婦人にそんな物言いをするなんて、らしくないな、コンラート。お前は誰に対しても慇懃《いんぎん》さがとりえだったろう」

「……そんなことはありませんよ。礼儀を重んじる方には礼儀を返しているにすぎません。私がニュンベルグ辺境伯のご令嬢の婿になる理由がないからそう言ったまでです」

意地悪そうにからかう王の言葉にも、エリクの無表情は揺らがない。

アマーリエはその冷たい美貌をぼんやりと眺めた。

春の午後、うららかな陽の光に、白金の髪が融けるようだ。人形のような無表情が、彼の美しさを人間離れしたものに見せている。

——これは本当にエリクなのかしら。

昨日は、確信を持てた。肌が、耳が、目が——心が。アマーリエの五感のすべてが、彼をエリクだと叫んでいた。

——でも、もしそれが、私の願望に過ぎなかったら？

エリクを求めすぎたアマーリエの心が、他人をエリクだと思い込ませようとしたに過ぎなかったのだとすれば？

その時、カチャリ、と微かな硬質な音を立てて、目の前に湯気《ゆげ》の立った紅茶のカップが差し出された。昏い物思いを破られ、アマーリエはその湯気を見た。くゆり、と空気に融けていく白い湯気は、恋しい思い出の残像のようだった。

「どうぞ。アマーリエ嬢」

抑揚のない勧めに、アマーリエはどこか夢のような気持ちでカップを受け取った。

「……ありがとう」

間近にある金の目は伏せられている。

自分を見ることのない猫の目。——エリクはいつだって、アマーリエを見ていたのに。

こちらを見ないのをいいことに、しげしげと彼を観察して、改めてアマーリエは思う。

——これは、エリクだ。

願望などではない。欠けた魂を求めて、アマーリエの五感がそう告げている。

それは確信しているのに、こんなにも不安なのはどうしてだろう。

──あなたはどこにいるの、エリク。

『ここにいる』

そう言ってほしい。あの病の最中、そう言って安心させてくれたように。

一方通行の確信が、こんなにも心許ないものだとは知らなかった。

ここにいるのは、エリクだ。それは間違いない。

けれども、あの頃のままのエリクではないのかもしれない。エリクを求め続けたアマーリエとは違い、アマーリエを切り捨てたいと、そう思っているのかもしれない。

──だとすれば、エリクをこのまま求め続けるのは私の我が儘なのかしら。

求め合い、引き合っていると思っていた魂の半分に拒絶され、アマーリエはどうしていいか分からなくなっていた。

無意識に救いを求めていたのか、アマーリエの手が首元を彷徨う。常に身に着けているエリクとの思い出の小瓶をぎゅっと握れば、少しだけ心が落ち着きを取り戻した。

「変わった首飾りだな。それはニュンベルグで流行っているのか？」

不意にかけられた声に、アマーリエはハッとして声の主を見た。

王が興味津々といった顔で、自分たちを観察していた。いかにも見ていました、という態《てい》を隠さないのは、恐らくエリクへのからかいが半分なのだろう。現にエリクが渋面を作っている。

それを居心地悪く感じながら、アマーリエは社交辞令で微笑んでみせる。

「いえ、流行などではありません。これは……私にとってとても大切なので、肌身離さず持っていられるよう、首飾りに仕立てたものなのです」

「へぇ、大切なもの？　誰かの形見か何かなのか？」

――形見。

エリクの小瓶をそう表現され、アマーリエの笑顔が強張った。

これはエリクの形見なのだろうか。彼は過去のことをすべて忘れて、新しい人生を歩むために、自分を亡き者にしたかったのだろうか。

――そんなこと、赦さない。

沈み込んでいた気持ちに、ふつり、と熱が灯る。

アマーリエは王の背後に立つエリクをまっすぐに見た。挑むように。

「これはエリクが……私の幼馴染《おさななじ》みが残した唯一のものなんです」

アマーリエの視線を受けたエリクは、微動だにせずそこに立っている。融けない凍土の雪のようだ。

睨み合ったまま対峙する二人の間で、王がくつくつと笑い出した。

「まったく、王を無視して睨み合うなぞ、お前たちは不心得も甚《はなは》だしいな！」

「……！　申し訳ございません！」

慌てて低頭するアマーリエに、王はよいよい、と手を振った。未だ愉快そうに肩を揺らしながら、エリクに顔を傾ける。

「このコンラートのいつにない様子を眺められるのは、なかなかに面白いからな。いつも不気味な笑いを浮かべている男が、こんなにも仏頂面を見せるとは、本当に珍しい」

王の言葉に、エリクがわずかに眉を顰める。

いつもはこんなに無愛想ではないと聞き、アマーリエは胸が塞いだ。

やはりアマーリエが気に食わないのだろう。過去を忘れたいと思っているのだとすれば、それをほじくり返そうとするアマーリエはさぞかし鬱陶《うっとう》しい存在だろうから。

「それで？　そのエリクとやらは、このコンラートに似ているとかいう、ギルベルトの養い子か？」

王が優雅な手つきで紅茶のカップを手に取りながら言った。こちらを見る日は穏やかなようでいて、そうではない。鷹のように何かを探っている。

『ブロン男爵は、エリクではない。陛下がそう保証なさった』

不意に父の言がよみがえった。

――そうだ。王は『コンラート』を『エリク』と認めていない。

彼が『エリク』でないと、何か確証があってのことなのか。

――けれど、これはエリクだ。

では、何か思惑があってそれを認めないということなのだろうか。となると、『コンラート』を『エリク』だと言い張るアマーリエは、王にとって邪魔なものとなってしまう。

――慎重にならなくては。

アマーリエは気を引き締め直すと、王と同じように紅茶を手に取った。

「はい。私の大切な幼馴染みでした。……ブロン男爵様に、とてもよく似ています」

必要なことのみを答えれば、王は、ふぅん、と曖昧な相槌を打って、一口紅茶を口に含む。それからカップをソーサーに置くと、右手をアマーリエに向かって差し出した。意味が分からず小首を傾げると、王は呆れたように差し出したままの手の指を動かす。

「その首飾りを貸せと言っているんだが？」

「え⁉」

ギョッとして、アマーリエは思わず隠すように小瓶を握り締めた。

「お、お許しください！　これは手離せない物なのです！」

エリクがくれた、唯一の物だ。今のアマーリエにとって、エリクを偲ぶためのよすが。

たとえ王といえど、奪われるわけにはいかない。

自分の立場も忘れ言い募るアマーリエに、王が大きな溜め息を吐いた。

「なにも取り上げようと言っているのではない。見せてみろと言っているんだ」

「で、ですが……」

アマーリエは狼狽しつつも逡巡した。

エリクはこれを渡す時、『誰にも渡してはいけないよ』と言ったのだ。

アマーリエはこれまでそれを忠実に守り、首飾りに仕立てるのですら自分の手で行った。

誰にも……父にすら触らせたことのないこれを、何を考えているのか分からない王に渡したくなかった。

だが、相手は王だ。拒めば父が叱責されるかもしれない。

エリクのこととなると冷静さを失う、と苦言を呈した父の顔が頭にちらついて、アマーリエは唇を噛んだ。

――私は、次期辺境伯だ。

これまでニュンベルグのために共に汗水を流してきた民の顔を思い出し、目を伏せた。

そして静かに首飾りを外すと、手の中に収まったそれを王の掌にのせる。

王は満足気に頷き、小瓶を陽に透かした。

「これは……何かの種か？」

小瓶の中身も、あの時のままだ。あの種が入っている。

「恐らく。私自身も、それが何であるのかは分からないのです」

「なるほど」

王は何を考えているのか、シャラシャラと小瓶を振っている。

アマーリエはハラハラしながらその光景を見つめていたが、その小瓶の先にある眼差しに気づいて焦点をそこに合わせた。

エリクが無表情のまま、こちらをじっと見つめていた。

何の感情も窺い知れないその人形のような表情に、アマーリエの眉が寄る。

誰にも渡すなと言ったのに、渡してしまったことを怒っているのだろうか。

――でも、あなたは『エリク』ではないのでしょう？

そう言い張っているくせに、なぜそんな物言いたげな目を向けてくるのか。エリクでないなら、渡すなと言ったことも知らないはずだ。

無性に腹立たしい気持ちになり、アマーリエは金の眼差しから目を逸らした。

それと王が小瓶を振るのをやめたのは、ほぼ同時だった。

「これは私が預かろう」

「――え!?」

今度こそアマーリエは動転した。先ほど取り上げないと言ったばかりなのに、もう翻すとは！

「こ、困ります！　陛下は先ほど取り上げないとおっしゃったではありませんか！」

「取り上げるつもりはない。預かるだけだ」

「詭弁《きべん》です！」

腹立たしくなって食って掛かると、王はニヤリと笑った。

「お前はこれが何であるか知りたくはないのか？　幼馴染みを捜す手がかりになると思わないのか？　私なら調べてやれる。なにしろ、この国の最高権力者だからな」

思いもしなかった提案をされ、アマーリエはぽかんと口を開けた。

――この種を調べる？

そうしたところでエリクを捜す手がかりにはならないだろう。エリクは目の前にいる。

──でも、エリクが認めない以上、先には進めない。

アマーリエは『エリク』を取り戻したい。自分の半身を。

そして、アマーリエはあまりにも『エリク』を知らない。

最も近い場所にいたがために、知る必要がないと感じていたから。エリクが『曖昧だった』と言ったあの村での凄惨な記憶を無理にこじ開けるのが躊躇われたのもある。

──エリクはなぜあの村で飼われていたのか。

なぜエリクは消えたのか。エリクが消えたのと同時にあの村が焼き払われたのは、偶然なのか。

次々に湧き出る疑問は、アマーリエが見て見ぬ振りをしてきたものなのかもしれない。

──だって、この疑問が解けたら、私は認めなくてはならなくなる気がする。

エリクが自分の傍からいなくなることを。

エリクがいないことを、仕方がないのだと、諦めなくてはならなくなる。

そんな予感がしてならない。

だから、アマーリエは無意識にそれらの疑問を締め出していたのだ。

──でも、きっと避けては通れない。

エリクを取り戻すために、アマーリエは知らなくてはならないのだ。

たとえ、今度こそ、エリクを失う可能性があったとしても。

アマーリエは顔を上げる。

テーブルを挟んだ対岸に、金の瞳があった。何の感情も浮かべずに、ただこちらを眺めている。

凪いだ湖面のようだ、とアマーリエは思った。

関心がないかのようにも、すべてを委《ゆだ》ねているかのようにも見えた。

――どちらにしても、エリク。私は前に進むわ。

あなたを、もう一度手に入れるために。

アマーリエは金の眼差しに、微笑んだ。挑むように。あるいは、安堵させるように。

そして、小瓶を手にこちらを窺う王に向き直る。

「分かりました。お願いいたします」

王がニヤリと笑い、頷いた。

「ああ。まぁ、私としても知りたいことがあるのでな。そのついでだ」

王の返答に、アマーリエは眉を上げた。

「知りたいこと？」

おうむ返しをして、改めて気づく。

この王が、ただの親切心や好奇心で何かをするはずがない。

王もまた、何かを求めて『エリク』に近づこうとしているのだ。

訝るアマーリエに、王は小さく笑って呟いた。

「……私はもともと、王になる予定ではなかったから、な」

酷く皮肉なその笑みは、自嘲のように見えた。

＊＊＊

奇妙なお茶会は、少年の近侍が王を呼びに来たことでお開きとなった。

隣国の商人がこの国での商いの許可をもらうために来ていると聞き、王がやれやれと溜め息を吐いた。

「外国人が商売をするのにわざわざ私の許可が必要とは、なんとも面倒臭い国よな」

古より隣国からの脅威に晒され続けてきたこの国は、鎖国も同然の体制を取ることで身を護っている。人であれ金であれ文化であれ、王を通さねば侵入できない制度となっているのだが、それがこの国を時代遅れにしているのもまた事実だ。

だがそれを『王』の口から聞くとは、とアマーリエは少々どころではなく驚いた。

「では、また近い内にな。英雄の娘」

そう言い置いて席を立つ王を見送る。

相変わらず癪《しゃく》に障《さわ》る呼び名を使われたが、今度はそれほど気にはならなかった。あの傍若無人ぶりに慣れてきたのだろうか。

王が出て行き、温室に気まずい沈黙が流れた。広い空間にエリクと二人きりだ。

てっきり王についていくと思っていたのに、と動揺しつつも、せっかく二人きりになれたのだから、と言うべきことを思案し始めた時、エリクがアマーリエの椅子に手をかけた。

「えっ……」

「参りましょう。私が案内いたします」

無表情のまま、エリクが言った。

退室を促されたのだ、と分かり、アマーリエは少なからず落胆した。

自分とは関わりたくないのは分かっていたものの、こうして拒絶の意志をあからさまに出されると、やはり哀しい。

エリクは足早に温室を出て行く。アマーリエは塞いだ気持ちを抱えながら、懸命にその後ろ姿を追った。慣れないドレスは足元に絡みつくようで、転ばないよう裾をさばくので精一杯だ。それくらいエリクの足は速かった。

「エリク、ねぇ、待って」

アマーリエは小さく呼びかける。

振り向いて。あの頃の笑顔で。

「エリク、お願い……エリク」

「私はコンラートです」

広い背中が低い唸り声でアマーリエを拒んだ。

それを赦したくなかった。弾かれたようにアマーリエは言い返す。

「違うわ！　あなたはエリクよ！」

小さな舌打ちの音がして、エリクがこれ見よがしな溜め息を吐いた。

その冷たい拒絶に唇を噛み、アマーリエは急に立ち止まったエリクに気がつくのが遅れた。いきなり眼前に迫ったエリクの背に驚いて次の一歩を踏みとどまったものの、バランスを崩してよろけた瞬間、腕を強く引かれる。

「あっ……!?」

足がもつれ、転ぶ、と身構えたアマーリエの身を、力強く抱え込む腕があった。

ふわり、と柔らかな髪の感触を頬に受け、恋しい記憶が脳裏を過《よぎ》る。

──エリク!

幼い頃、こうしてエリクと抱き締め合った。叢《くさむら》を駆け、野狐の仔のようにじゃれあい、声を上げて笑い合った。

「エリク……!」

知らないなどと言わないで。

なかったことなどにしないで。

笑ってほしい。触ってほしい。抱いてほしい。

アマーリエと、あの頃のように名を呼んでほしい──。

けれど自分に回された筋肉質な腕に縋ろうとした、アマーリエの手は宙を摑んだ。

ドン、と身に衝撃を受け、アマーリエは面食らった。床に突き倒されたのだと分かったのは、自分を見下ろす冷たい表情のエリクを見上げた時だった。

日頃の鍛錬のなせる業か、怪我のないよう受け身を取ったため、さほど痛みは感じなかったが、今確実に自分は突き飛ばされたのだ。エリクに。

アマーリエは吃驚《きっきょう》していた。あれほど傍にいた幼い頃でさえ、エリクがアマーリエに乱暴したことはなかった。子供同士なのだから諍《いさか》いもありそうなものを、エリクとアマーリエは一度も喧嘩《けんか》をしたことがなかった。

――エリクが、私を突き飛ばした。

倒れたまま唖然とするアマーリエに一瞥をくれた後、エリクが背後の扉を閉めたことで、ここがどこかの一室だと気づいた。使われていない客間だろうか、小さいがテーブルとソファ、そして窓際にベッドが設えてある。

どうやらエリクはホールに向かう振りをして、人気のない部屋へとアマーリエを連れ込んだらしい。

念入りに扉の鍵までかけ、エリクはアマーリエに向き合った。

アマーリエは身構えるためにすぐさま立ち上がった。するとエリクが舌打ちをしてつかつかと歩み寄る。

「英雄のご令嬢は、随分と傲慢なようだ」

「――な……」

冷たく言い捨てられた声色には確実な怒りが含まれていて、アマーリエはギクリとした。

平手を打ったり、挑発するような真似をしたりと、エリクを怒らせるようなことをしてきた自覚があるくせに、いざエリクが怒りを向けたとなると怯んでしまう。

アマーリエの表情に怯えを見たのか、エリクが冷笑した。

「傲慢でしょう？　他人の不快感を気にも留めず、ただ自分の我が儘を通そうとする。私は迷惑をこうむっているのだと言っているのですよ、アマーリエ嬢」

カッと頭に血が上った。いや、血が引いたのかもしれない。

渦巻く感情で頭の中が真っ白になる。怒りなのか、哀しみなのか。

どうしてそんなことを言うのか。嘘を吐いているのはエリクの方なのに。

繋いだ手、抱き合った温もり、微笑み合った眼差し――あの幸せだった思い出のなにもかもを、迷惑だと切り捨てるエリクに腹が立った。泣きたかった。

「傲慢……？　あの頃の思い出を、すべてを……私の魂の半分を奪ったまま消えたあなたが、それを言うの？」

身が戦慄《わなな》いた。冷たくなった指先を握り締め、拳を作る。

掌に爪が食い込むほど強く握っているのに感覚がなかった。

――届かない想いと同じだ。

どれほど声を嗄《か》らして叫んでも、受け取る気のない相手にはその想いは伝わらない。

「迷惑だと言うなら……、私を要らないと言うなら、返しなさい！　あなたが奪った私の半分を、返して……!!」

アマーリエの叫びにエリクは大仰《おおぎょう》に肩を竦めた。

「……やれやれ、言いがかりも甚だしい。私はあなたなど知らないと言ったでしょう？　私はあなたの『エリク』ではないんです、ご令嬢」

これ見よがしな溜め息と共に吐き出される残酷な台詞に、アマーリエは込み上げる涙を懸命に耐えた。

泣くものか。泣いて勝ちを取る愚かな女だとは思われたくない。

傲慢でもいい。エリクが傍にいたあの頃、魂丸ごと満たされていたあの頃の自分のままで、今この男と対峙しなくてはならない。

アマーリエは歯を食いしばって睨んだ。燃えるような翡翠にありったけの矜持《きょうじ》を込めて。

「あなたは、エリクよ」

唸るような断言に、今度はエリクが表情を変えた。

「――いい加減にッ……！」

あからさまな嘲《あざけ》りから、火のような苛立ちへ。

鞭《むち》のように飛んできたエリクの手に素早く腕を取られ、背中で捻り上げられる。

「――ッ!!」

痛みに目を見開いた。それ以上に驚いていた。アマーリエは武人だ。立場上、日頃より鍛錬を欠かさず、並の男よりも強いと自負している。そのアマーリエがエリクの動きを見切れなかった。

――強い。

　六年前、エリクはどうやってもアマーリエに勝てなかった。それは積み重ねた訓練の量の違いと、成長過程にあったエリクの体格のせいであったのかもしれなかったが、それでもアマーリエにとって今のエリクは衝撃だった。

「声も上げませんか、さすがに英雄の娘と言ったところ……」

　エリクがアマーリエの腕を捻り上げたまま、背にひたりとその身を寄せるようにして囁きかける。丁寧な言葉は、けれど苛立ちに掠れていた。

　アマーリエは鼻を鳴らした。

「腕を折りたいなら折ればいい」

　ギリギリと腕の関節が軋み、痛みに脂汗《あぶらあせ》が出るのを感じながらも、屈したくなかった。屈するわけにはいかなかった。

　痛みに耐えながら、アマーリエは首を捻って背後のエリクを嘲笑う。

「私が怖いの？　エリク」

　エリクがハッキリと顔を強張らせた。

「……ッ、あなたはッ……!!」

　エリクが激昂する瞬間、アマーリエはそれを半ば恍惚と眺めた。

　美しいエリク。氷のような無表情よりも、感情を剥き出しにした火のような表情の方が何倍も美しい。すべてを私の前に投げ出せばいい。すべてを互いに委ねていたあの頃のように。

「好きよ。私の気持ちは昔からひとつも違わない。ずっとあなただけを好きだったのよ、エリク」

拘束されていた腕が唐突に解放された。

投げ捨てられるように突き飛ばされ、アマーリエは壁に背を打ちつけた。衝撃に目を回す暇もなく、バン、と顔の両脇に腕が置かれる。エリクが覆い被さるようにしてアマーリエを睨み下ろしていた。

「私はあなたの『エリク』ではない！　迷惑だと言っているのが分からないのか！」

じんじんと感覚の戻らない腕を抱き締めるようにしながら、アマーリエは怒りに満ちた琥珀の双眸を見つめ返す。

「あなたは、エリクよ。私は決して間違わないいし、諦めない」

両者が一歩も引かず睨み合ったまま、部屋に沈黙が降りた。

先に動いたのは、エリクの方だった。

ふ、と吐息のような笑みを漏らすと、分かりましたよ、と諦めたように言った。

投げ遣りなその仕草にアマーリエが眉根を寄せたのと、エリクの唇がアマーリエのそれを塞いだのは、同時だった。

「――!?」

唐突なその行為に面食らうアマーリエの隙を突いて、肉厚の舌がぬるりと侵入する。驚いたアマーリエが舌を引っ込めようとするも、エリクのそれが力ずくで搦め捕る。

「……！　ん、ふ……っ」

嵐のようだった。口の中を犯すエリクの舌は容赦なく暴れ回った。逃げようとすれば舌の付け根を抉られ引き戻され、再び絡め擦り合わされる。歯が唇に当たり痛みに喘いでも、溢れ出る唾液を嚥下《えんげ》できず口の端から零しても、エリクは口づけを止めなかった。口内いっぱいに自分のものではない舌が蠢《うごめ》いていて、まともに息ができない。

――苦しい。

空気が欲しい。そう思った時、チカチカと目の前が瞬き、くらりと視界が回った。

ガクリ、とアマーリエの膝が折れる。腰に回った逞しい腕に受け止められるとクックッと喉を震わせる音が聞こえた。

「口づけだけで腰砕けになるとは……随分といやらしい身体をしておいでだ」

「――ッ」

回らない頭でも、それが侮辱だと分かった。

アマーリエが睨みつければ、エリクの琥珀の瞳が冷めた眼でこちらを見下ろしていた。

「おやおや、今更そんな心外だという顔をされても。清らかであるはずの辺境伯の令嬢が、王を使ってまで格下の男爵に結婚を強要しようとするくらいです。よほど男が欲しい淫婦《いんぷ》と思われても仕方ないのでは？」

言葉を失った。確かにアマーリエは再会してすぐエリクに迫った。でもそれはエリクを見つけられた嬉しさからのもので、エリクが言う類《たぐい》のものではない。それに王が言ったあの冗談は、アマーリエが王に言わせたわけではない。アマーリエにとっても寝耳に水だった。そもそも、冗談で終わった話ではないか。

「わ、私はそんなことは……！」

そう説明しようと声を上げたアマーリエを、エリクは冷笑を浮かべて止めた。煩わしそうに首を傾げ、そこに巻かれたクラヴァットを指で緩める。

「ああ、いいんです、言い訳など。私もあなたに合わせようと決めましたから」

「あ、合わせるって……」

それがどういう意味なのか尋ねようとしたアマーリエの両手首を、エリクは解いたクラヴァットで縛り上げた。驚く間も与えられず、ドレスの背中のボタンがぷつり、ぷつりと外されていく。

「ちょ……」

あまりのことに思考が追いつかず、狼狽も露わに身体を捩るが、エリクは逆にその動きを助けにして肩を押し、アマーリエを壁に押しつけた。

エリクに対して無防備に背中を晒した状態だ。

「これで外しやすくなった。ご婦人のドレスのボタンというのは、どうしてこう外しにくい仕様なのでしょうね」

ぷつぷつと言いながらもエリクの手は素早く動いたのだろう。背中のボタンがすべて外され、更にその下にあるコルセットの紐まであっという間に緩められる。上半身を締めつけていた拘束具をすべて外され、一気に身が解放されるのを感じて、アマーリエは半ば呆然とした。エリクが何をしようとしているのか、アマーリエにもさすがに分かる。

——触れ合おうと、している。

なぜ。エリクは自分を嫌い、遠ざけようとしているのに。

その理由は分からないが、愛情からではないとハッキリとしている今、エリクに触れられるわけにはいかない。

「やっ……！　どうしてこんなこと……！」

エリクが酷薄にせせら笑った。

「どうして？　今更でしょう？　田舎者のご令嬢が、男女のお遊びに興味津々になるのは致し方ないでしょうし。英雄の娘とあって陛下に後押しまでされているとなれば、いくら私とて無下《むげ》にはできない。渋々ではありますが、お相手役を務めさせていただきますよ。ただし、結婚まではお付き合いできませんが」

身体中の血が冷たくなった気がした。あまりの言い草だ。アマーリエの想いを拒絶しているだけではない。踏み躙《にじ》り、弄《もてあそ》ぶことを正当化しようとしている。

アマーリエは青ざめ、身を丸めた。あれほど厭っていたコルセットとドレスを腕と脇で挟み、必死に落ちないようにする。

「おやおや、そうすると背中ががら空きだ」

からかうように呟いて、エリクがアマーリエの背をつっと指でなぞった。コルセットを暴かれ、透けるような薄絹の肌着一枚だ。ほとんど直《じか》と言ってもいい肌の触れ合いに、アマーリエの身にぞくぞくとした震えが走った。甘い慄《おのの》きだった。

エリクにも伝わったのだろう。クスクスと笑いながら、粟立《あわだ》った項《うなじ》をべろりと舐められる。

「……ッ!!」

声を上げそうになるのを既《すんで》のところで堪えた。声を上げたくない。出てくる自分の声が、淫蕩な響きのものだと本能で分かったから。

淫婦だと、エリクはそう言った。

——これは、罰だ。

エリクはアマーリエを罰そうとしている。

蔑み、辱めることで、自分の怒りを表している。

——もう、私が近づかないように。

エリクの舌がちろちろと項を這い下り、耳の後ろを吸い上げる。身体が熱い。エリクが触れた箇所から順番に火を噴きそうだ。どくどくと心臓が早鐘を打つ音が、鼓膜を直に揺らす。

「手を離して」

低く掠れた声で命令される。自分が命綱のように脇でしっかりと抱えているドレスとコルセットを離せと言っているのだと分かり、アマーリエは首を横に振った。

そんなことをすれば、ドレスは床に落ち、透けたシュミーズとドロワーズだけというあられもない恰好を晒すことになる。

更にドレスを抱え直すようにするアマーリエに、小さく舌打ちが落とされた。だがすぐに気を取り直したように、くすりと笑われる。

「まぁ、いいでしょう。ではこちらから」

言いながら、エリクの片手がドレスの裾を捲り、中に侵入してきた。

「っ——」

仰天して身を固くするアマーリエの唇に、エリクが嬉しそうに口づける。

啄《ついば》むように何度も唇を吸われながら、アマーリエは涙目になる。首を後ろに反らすようにする体勢が辛いからでもあるが、それ以上に、ドロワーズの上から太腿を這うエリクの手が、怖かった。エリクの触れ方は意外なほど優しい。柔らかく、アマーリエの肉の感触を確かめるように揉《も》みしだきながら、アマーリエの脚を余すことなく触れていく。その動きは、妙な痺れを下腹部に生んだ。鍛え上げたアマーリエの四肢ですら、戦慄かせてしまうほど強烈な熱——これが快感だと、アマーリエはどこかで理解していた。

浅くなる呼吸を整えようとするが、エリクの舌が絡みつき、ままならない。

エリクがドロワーズの紐を解いた。解放感と共にアマーリエの裸体に忍び込んだのは、やはりエリクの手だった。

直に触れ合う肌と肌に、総毛立つ。

なだらかな腰の曲線を、大きな手が小さな円を描くようになぞる。やがて平らな下腹部に達すると、包み込むようにその掌を広げぴったりと密着させた。その熱い掌に呼応するように、下腹部が更に熱を持つ。

下腹部――今まさにじくじくと疼く場所が、子供を孕む器官であることに気づき、アマーリエは羞恥に頬を染めた。

この疼きこそ、愛する雄を求める本能なのだと分かってしまったから。

エリクの手がそろりと動きを再開し、アマーリエの茂みに侵入する。

アマーリエは身悶えしたが、背に張りつくように覆い被さるエリクが逃がさなかった。

柔らかな茂みを掻き分けるようにして、エリクの指が秘めた場所を探る。

密着する互いの身体から出る熱気で、部屋の空気が粘度を増したように思えた。

――まるで熱い蜂蜜の中にいるみたい。

甘くて熱くて、脳髄まで溶かされそうだ。溶かされたものが血の道を通って、とろりとろりと子宮へと流れ出していく。じわり、と温かいものを脚の付け根に感じて、アマーリエはぎくりと身を竦めた。

エリクの指が丁度その場所へと這い、ぬるりとその指が滑ったのが分かった。

声もなくエリクが笑うのを気配で感じ、カッと頭に血が上る。

けれどその怒りはすぐに霧散した。エリクの指がそこで不埒《ふらち》な動きをし始めたからだ。

ぬるぬるとアマーリエの中から出てくる体液をその指に絡めるようにすると、エリクは滑りのよくなったその指で、秘所の裂け目の上にある敏感な粒を撫でた。

「……っ、……!!」

身体の芯が痺れるような、強烈な快感だった。

今までに自分でもあまり触れたことのないそこへ、明らかな意図をもって触れられ、アマーリエはビクビクと身を跳ねさせた。

「気持ちいいですか？　アマーリエ嬢」

耳元で揶揄《やゆ》するようにエリクが言った。アマーリエは無我夢中で首を横に振る。エリクは今、自分を貶めるためだけにそう言っている。だから、認めてはいけない。自分がこれを歓んでいることを。

アマーリエの否定に、エリクは小さく鼻を鳴らした。

「強情だな。でも、あなたの身体は正直ですよ。婚姻前の令嬢が、婚約者でもなんでもない男に触れられて、こんなに蜜を垂れ流して歓んでいる」

言いながら、エリクは優しく粒を撫で続ける。何度も何度も、優しく愛でるように。

「っ、……ぅ、っ！」

じわりじわりと快感の熱が身体の中に溜まっていく。それを逃す術を知らないアマーリエは、額に汗を浮かべて耐えるしかない。

ふるふると四肢が戦慄く。

「……我慢強い方だ」

意地悪そうにそう言って、エリクが冷たく笑う。吐息が肩を擽《くすぐ》る、それだけでアマーリエはグッと奥歯を噛み締めなければいけなかった。ブルブルと身を震わせ、息を凝らして耐える。そうしなければ、気が狂いそうだった。

エリクがもたらす快感が罰だというその現実に。

恋い焦がれたその手が、舌が、すべて自分を拒むための手段なのだと突きつけられる。

エリクの冷笑と愛撫との間にある落差を、受け止めたくなかった。

冷笑を浴びせられながらも、触れられることを歓ぶ自分が哀しかった。

「……エリク……」

呻き声で呼んだ名に、背後の男が息を呑む。嬌声を拒み続けたその口から、結局吐き出すのがその名なのだと、腹を立てたのかもしれない。

「……っ、あなたは、どこまで強情なのですか……！」

そう唸って、エリクは噛みつくようにキスをしてきた。

ただでさえ逃せない快楽に酩酊《めいてい》していた頭は、キスによって呼吸も阻まれ、更に白くなっていく。

くちゅ、くちゃ、という粘着質な水音が聞こえるが、それがキスと愛撫のどちらなのか、もう判別がつかない。

粒を弄る指はそのままに、もう一本の指がつぷり、と蜜壺に浅く侵入した。

「っ」

身体の中に異物が挿れられる衝撃にアマーリエが身を固くすると、エリクは唇を少しだけ離して囁いた。

「大丈夫……深く挿れたりはしません。私とて、あなたの純潔を奪えば進退窮《きわ》まるのが目に見えていますからね」

突き放すように言われ、アマーリエはぎゅっと目を閉じた。

分かっていたことだ。それでも、その拒絶に、心が痛かった。

「ああ、どんどん溢れてくる。本当に淫らなご令嬢だ」

膣内の浅い場所から、愛液を掻き出すように指を回しながら、エリクが愉快そうに笑う。

アマーリエは唇を強く噛んだ。

「こんなに溢れさせ、感じているくせに、頑として声を上げないなんて」

少し苛立ったような声でエリクが言った。

——出さない。絶対に。

声を上げないことが、何のための努力かと問われれば、アマーリエ自身にも分からない。

意地でしかない。

それでも、何か一つだけでも、拒みたかった。自分を切り捨てようとする、エリクに。

伝えたかった。自分の想いを。

「っ、っ……、っ！」

粒を撫でる指に加速がかかった。ぐちゅぐちゅと、立つ水音も泡立ったものに変わる。

アマーリエは急速に膨らむ身の内の熱の塊に対処できず、身を反らした。

目の前がチカチカと瞬く。

――怖い！

純粋な恐怖に喉を引き攣らせたアマーリエに、低い囁きが落ちた。

「――いきなさい、アマーリエ」

冷たい顔で自分を見下ろしているだろう人から発された命令は、なぜか酷く哀しげで、優しかった。

アマーリエはその優しさに安堵して、白い愉悦《ゆえつ》に身を委ねた。

＊＊＊

くたりと身を弛緩《しかん》させた彼女を抱き取る。

柔らかくたおやかな身体は、己の腕の中にすっぽりと収まってしまう。

自分の半分ほどしかない、細く華奢な身体。

――こんなにも小さかったのか。

その違和感は、すぐに高揚感へと変わった。彼女が女であり、自分が男だから。

当たり前の事実に歓びが込み上げてしまうのは、生けるものの性《さが》だろうか。こんな自分でも、生きたいと、命を繋ぎたいと、本能が叫ぶのか。

――だが、そうだとして、それは葬らなければならないものだ。

壊れ物を抱えるようにしてベッドまで運び、そっと寝かせる。

閉じた瞼がひくりと動き、目を覚ますかと一瞬ヒヤリとしたが、彼女はわずかに眉根を寄せただけで、再び安らかな表情に戻った。

ホッと息を吐き、眠る彼女の白い額を指の背で撫でる。うっすらと汗をかいたそこに、金色の髪が張りついていて、それを後ろへ撫でつけるように取ってやる。

あどけない、愛らしい寝顔だ。

長い睫毛が呼吸のたびにわずかに震えるそのさまは、可憐で儚げですらある。眠っていれば、誰も彼女を軍人だとは思わないだろう。

だがひとたび瞼を開けば、その瞳の強烈さに息を呑む。翡翠の双眸は、彼女の炎のような性格を如実に表している。意志の強さは鋼のようで、どんな困難でも打ち砕く。

彼女は、何にも屈しない。折れるくらいなら、自ら首を掻っ切るくらいのことはする。

王の目の前で、自分の頬を張ったように。

くすり、と小さく笑みが漏れた。まったく、ありえないご令嬢だ。

そんな危ういまでのまっすぐさを、どうしようもなく愛しいと思う。

だからこそ、護りたかった。この手で。

王に小瓶を奪われた時の、自分を見つめた彼女の瞳が目に焼きついている。

挑むようで、どこか安堵させようとするような眼差しだった。

まるですべてを分かっているかのようだった——あの小瓶の意味も、自分という存在の意味も、何もかもすべてを。

すべてを分かって、挑んだのか。すべてを分かって、安堵しろと言うのか。

きっと分かっていないのだろう。それでも、彼は微笑んだ。

「……どちらでも、いいんだ」

彼女が王都に現れた時、大方の腹は決まっていた。

もともと、彼女に委ねたのは自分だ。いつだって、自分の存在は彼女のためにあるのだから。

衣服がはだけたままの彼女の肌に指を滑らせる。滑らかな、しみ一つないまっさらな新雪のような肌だ。長く細い首、浮き立った鎖骨、そして丸く張りのある乳房……。

先ほど彼女が自分の腕の中で見せた痴態を思い出し、未だ燻ったままの欲望がむくりと頭を擡《もた》げる。

——このまま、欲望のままに貪ってしまいたい。

愛を囁き、口づけをして、柔らかな彼女の中に押し入りたい。

だがそうしてしまえば、いずれ然るべき貴族男性を婿に迎えなくてはならない彼女に疵《きず》をつけてしまう。

彼女を不幸にしたいわけではない。それどころか、この世の誰よりも幸福であってほしい。

たとえその幸せな笑顔を向けるのが、自分ではない男だったとしても。

だからせめて——身を屈めて、その胸元に口づける。

——あなたに自分の痕を遺したい。

真っ白な肌に赤い色が浮かんだのを見て、自嘲した。

「赦して、アマーリエ」

いつか消えてしまっても、私だけは覚えているから。

あなたを愛したことを。

＊＊＊

アマーリエが目を覚ますと、そこはタウンハウスの自分の部屋だった。ベッドの上でドレスを着たまま眠り込んでいたようだ。

全部夢だったのかと目を瞬いて、けれど経験したことのない気だるさに、そうではないのだと思い知らされる。

もう一度記憶を探っているところへ、父がノックと共に入って来た。

「おお、目が覚めたか、アマーリエ」

「お父様……私、確か陛下のお茶会にお呼ばれして……」

首を捻って考えていると、父が大きな手で頭を撫でてきたので驚いた。幼い頃はともかく、もう頭を撫でられるような年ではない。

だが父は大きな溜め息を吐いてベッドの縁に腰掛けた。

「お前は王宮で気を失って倒れたらしい。コンラートが馬車でお前を送ってくれたそうだ。まったく、女性のコルセットというものはどうもいかんな。気丈なお前が気を失うほど身体を締めつけるなどと、まったく理解できん。ヨハナにはあまり締めつけないよう、私からよく言っておこう。お前にも、こちらへ来て随分と無理をさせていたようだ。気づいてやれなくてすまなかったな……」

父は今まで男手一つで娘を育ててきたため、女性特有の問題には無頓着だった。鍛え上げられた武人であるアマーリエが、コルセット一つで気を失ったということに狼狽しているらしい。

勿論それが嘘であることは、アマーリエには分かっていた。

エリクは気を失ったアマーリエに衣服を着せ直し、ここまで送ってくれたのだろう。あのまま放っておかれては、誰かに見つかった時大事《おおごと》になってしまう。けれどエリクにしてみれば、アマーリエの評判が落ちようが、どうでもいい話だったはずだ。それなのに、こうしてちゃんと家まで送り届けてくれたのだから、嬉しく思うべきなのだろう。

「いいのです。私も、少し気を張りすぎていたのだと思います」

アマーリエがそう言って微笑めば、父はそうか、と呟いて、もう一度アマーリエの頭をぽんぽんと軽く叩く。

「今夜はゆっくりと休みなさい」

「はい、お父様」

素直に頷けば、父は心配そうにしながらも娘を休ませるためか早々に部屋を出て行った。

パタリと部屋の扉が閉まるのを待って、アマーリエは嘆息する。

――嬉しくなんかないわ、エリク。

切り捨てるなら、放っておいてほしかった。こんな気遣いをされて、あの頃のエリクの片鱗を感じてしまえば、どうしたって期待を棄てられない。

――私は愚か者なのかしら。

きっとそうだ。哀しく自嘲を漏らし、ベッドを降りた。そこで初めて、アマーリエは自分がシュミーズとドロワーズのみという姿であることに気がついた。コルセットのせいで気を失ったことになっていたために、脱がされたのだろう。

湯浴みをするために、メイドを呼ぶ紐を引く。アマーリエ付きのメイドはすぐに現れ、あらかじめ用意していたのか、すぐに湯浴みの準備をしてくれた。

シュミーズを脱ごうとした時、メイドが、「あ」と小さく声を発した。

「先ほどお嬢様のドレスを脱がせた時、ドレスの中からこの紙が落ちて来まして……。何かのおまじないでしたか？」

お嬢様もお年頃の女性ですものね、とクスクスと笑いながらメイドが渡してきたのは、小さな紙切れだった。何かの切れ端だったのか、端は破ったような切り口になっている。

アマーリエは恐る恐るそれを受け取り、中を開いた。

『あなたが賢明であらんことを』


流麗な、けれど少し癖のある文字。

エリクの手だろうか。昔はもっとへたくそだった。

でも、きっとエリクだ。あれが夢でない以上、エリク以外に考えられない。

――これに懲りたら、もう近づくなと、そういうこと……。

ふ、と漏れた吐息と共に、涙がころりと転がり落ちる。

やはり、自分は愚か者だ。こうまで拒絶されてもなお、エリクが欲しくて仕方ないのだ。

――もう、きっと手遅れなのよ。

恋い焦がれすぎて、おかしくなってしまったのだ。

アマーリエにはもう、エリクを諦めるなどという道は、選べないのだ。

5　王殺し

自室を出ると、決まって背後に男がつく。

それはコンラートがこの王宮に自室を構えるようになって以来ずっとであるため、もう慣れたものだったがそれでも溜め息を吐きたくなる。

「ご苦労だな」

厭み半分に労われば、騎士姿のその男は無表情で「王命ですから」と答えた。

中肉中背、どこにでもいそうな地味な顔。特徴のない男は、けれど王のつけた優秀な監視役だ。

王は『目』と呼ばれる直属の諜報《ちょうほう》部隊を持っている。ヨアヒム・アウスレインの反逆後、英雄ギルベルトが王に進言して作り上げた部隊だ。

王の命があれば暗殺も行う『目』の一員であるこの男は、腕は相当に立つはずだ。

一度も剣を交えたことはないが、その隙のない身のこなしを見れば分かる。

この男の監視を振り切るには、自分とてなかなかに骨が折れそうだ。

表向きは自分の従者とされている男へ、コンラートは他愛もない話題を向ける。

「今日はいい天気だな」

「そうですか。ここ数日雨が続いているようですが」

律儀に答える男に苦い笑いが漏れる。こういう生真面目な男は嫌いではない。できるならば殺したくはないな、と思う。

「雨だったのか。それなら、道中、ニュンベルグ辺境伯は大変だったろう」

肩を竦めたコンラートに、男は無言で眉を上げた。現ニュンベルグ辺境伯のギルベルトはこの男の上司だ。興味がないはずがない。

「知らなかったのか？　彼は領地へ戻ったそうだ。シーズン半ばにして、しかも愛娘を王都に置いたまま。どうしてだろうな？」

笑みを含んだコンラートの問いかけに、男は困ったように、さぁ、と小首を傾げた。

本当に分からないのだろう。

当然だ。恐らく、辺境伯自身手探りの段階なのだ。

だが、コンラートには分かっていた。

ギルベルトは気づいたのだろう。そして、おそらくあれを持ち帰ってくる。

——止めていた歯車が、動き出してしまった。

コンラートは目を閉じた。

いや。もともと、動き続けていたのだろう。

運命は最初から目的に向かって動いていたのだ。

自分という、悪を取り除くために。

＊＊＊

「今日はまた随分と酷い顔だな、英雄の娘。目の下がどす黒い」

会うなり王が発した言葉である。

アマーリエはげんなりとしつつ、笑顔でそれを隠して膝を折った。

「おはようございます、陛下。お誘いくださっただけでなく、お迎えにまでお越しいただき、恐縮でございます」

王城の温室での茶会の後、王より再びの誘いがあったのは、その一週間後だった。

本日、お忍びで遠出をするのでその供をしろというもので、お忍びであるがゆえに、タウンハウスまで迎えにくるとあったのだ。

お忍び、ということにも驚いたが、王自ら迎えに来ると言われ、アマーリエは大慌てで準備をした。父は数日前唐突に「調べものをしてくる」と言い置いてニュンベルグに戻ってしまっており、今タウンハウスでの主はアマーリエだ。勝手が分からない土都の邸で気心の知れない執事の手を借り、王との『お忍び』に参じるという異例の準備を、ああでもないこうでもないと整えるのは非常に骨が折れた。

こういうことは前もって言ってほしいものだ。

エリクも一緒に来るのでは、と一瞬思ったが、来ないだろうとすぐに思い直した。恐らくエリクはアマーリエとの接触をこれまで以上に避けるだろうと分かっていたから。

そして案の定、王はエリクを連れてきてはいなかった。

分かっていたはずなのに、やはり胸が痛む。

そんなアマーリエの気鬱も、王のこの無神経ぶりにすっかりと吹っ飛んでしまった。

「それに、そんな男のなりをして。婿候補が現れないので自棄にでもなったか」

笑みが引き攣りそうになり、アマーリエはとうとう笑うことを放棄した。

確かに今アマーリエは男物の乗馬服を着ている。それはお忍びでどこかへ行くという王に、護衛として付き添った方がいいだろうという判断ゆえだ。ドレスを着ていてはもし何者かに襲われた時、対応ができない。

その配慮を無神経な冗談で皮肉られ、さすがに愛想笑いも尽きてしまった。

王はどうやら、あえてアマーリエを怒らせようとしているきらいがある。

――それに、この王に取り繕ったところで、どうせ見透かされているのよ。

この王は、すべてを掌握した上であえて小さな火種を放り込み、上から事の成り行きを見て面白がっているようなところがある。

悪趣味と言えばそれまでだが、王の素質としては悪くないだろう。政治を転がす胆力は、それを面白がるくらいの器がなくては備わらない。

「……これが普段の私ですので」

憮然とした面持ちでそう答えれば、王は一瞬きょとんとし、それからハハハ、と軽快に笑った。

「いいな、その方が似合うぞ、アマーリエ。そのなりも、その口調も」

初めて名を呼ばれ、今度はアマーリエがきょとんとする番だった。

その顔を見て王はニヤリと笑った。

「私は無礼者が嫌いだが、部下には偽られたくない性分でな。私の傍にいる時は、常にそうあれよ」

「……はい、陛下」

自分が王の「部下」と認められたと分かったが、アマーリエはぼんやりとした返事しかできなかった。先日まではアマーリエを「英雄の娘」としか呼ばなかった王が、なぜ突然アマーリエを信用したのか。

アマーリエの困惑の表情に、王が眉を上げた。

「半信半疑という顔だな」

「――理由がありませんから」

「ふむ。では教えよう。私が求める答えに辿り着くには、お前が必要そうだと思ったからだよ。乗る馬を信用しなければ、乗りこなせないだろう？」

「――なるほど」

つまりは、王は何かを得たいと考えていて、そのためにはアマーリエの協力が必要ということだ。

――そして十中八九、それはエリクに関すること。

これまでのいきさつを考えれば妥当だろう。王はエリクに関する時しか、アマーリエに絡んできていない。

『私はお前を待っていたのかもしれないいな』

あの言葉は、これを指していたのだろう。

エリクを側近にし、現在誰よりも近くにいるはずの王が、エリクから何を得たいのか。

そしてそれはエリクにとってよいことなのか、悪いことなのか。

測りかねて、アマーリエは眉根を寄せた。

――何であれ、エリクに害が及ぶようであれば、それを阻止しなくてはならない。

「ついて来い、アマーリエ。私が求める答えの道程に、恐らくお前の欲しいものがある」

王が不敵な微笑を浮かべて手を差し伸べる。

その手は、救いか罠《わな》か。

アマーリエはごくりと唾を飲む。

いずれにせよ、エリク自身にあれほどまでに拒まれたアマーリエは、事実上手詰まりの状態だ。持ち札のない今、次の一手は他から借りるしかない。

アマーリエは、笑みを浮かべてこちらを見つめる王を、翡翠の双眸で見返した。

そして、目の前の手に己の手を重ねたのだった。


王がアマーリエを連れて向かったのは施薬院だった。

元は病人や孤児を保護、治療、施薬するために造られた施設であったが、病院や救護院が各地にできた現在、薬草研究施設として国が管理運営する機関となっている。

存在を知ってはいたが、実際に来るのは初めてのアマーリエは、到着して思わず歓声を上げた。

目の前には様々な植物が植えられた畑が連なり、そしてその奥に大きな温室がある。敷地内には、生成りのローブを着た者たちが忙しそうに働いている。驚いたことに、その中の半数は女性だった。

この国では、女性が家督を継げるなど他国に比べれば女性の地位は高いが、それでもやはり医師や薬師といった専門知識を必要とする職に就くのは難しい。

「随分多くの女性を雇用しておられるのですね……」

驚きを隠せずに言えば、王は不思議そうな顔をした。

「おかしいか？　お前とて、女の身で次期辺境伯ではないか」

「――それは、私が貴族の男性を伴侶にするのが前提です」

貴族男性の夫という存在がなければ継げない家督。即ち、それが女性のものと認められていない証拠にほかならない。しょせんは次世代に生まれるであろう息子へと受け継ぐための繋ぎでしかないのだ。

その事実に理不尽さを感じなかった訳ではない。だが、アマーリエがいくら憤慨してみたところで変わらぬ世の常なのだ。

そう思っていつの間にか見ない振りをしてきた不条理を、王はいとも簡単に一蹴してくれた。

「ばかか、お前は。いくらお前の伴侶になる男が優秀でも、お前が役立たずだったら、辺境伯などに私がさせるわけがないだろう」

「――!」

目から鱗の言葉だった。

そうだ。この王は、アマーリエが辺境伯に相応しくないと思えば、即切り捨ててしまうだろう。

「私は優秀であれば男も女も関係なく使う。今そこに役に立つ道具があるのに、使わないばかはいないだろう?」

当然のように肩を竦める王に、アマーリエは今初めて、父がなぜこの傍若無人な男に仕えるのかが分かった気がした。

先を行く王の後を追いながら畑を眺め歩く。実に様々な種類の植物があった。薬草のようなものだけでなく、中には小麦や大麦も見える。

「穀物も研究しているのですか？」

薬草の研究所だと思っていたのでそう訊けば、王は前を見たまま説明をしてくれた。

「その土地に合ったものへと品種改良をさせている。同じ苦労をするなら多くを収穫できた方が国庫が潤うからな。人と食料は国力そのものだ」

なるほど、とアマーリエは舌を巻いた。

人を食ったような態度のこの男は、確かに王なのだ。

やがて王は畑を過ぎ、温室の中へと入って行った。その奥の方にある畑の前で立ち止まると、そこにしゃがみ込んでいる赤毛の少年に声をかけた。

「どうだ、ジーモン」

少年は作業に没頭していたのか、名を呼ばれてビクリと身体を揺らし、顔を上げた。

「ああ、驚きました、陛下」

静かな所作で立ち上がった少年は、立ち上がっても頭がアマーリエの肩ほどまでしかなく、えらく小柄だった。ふわふわとした赤毛に囲まれた小さな顔は愛らしく、鼻に浮いたそばかすが酷く彼を幼く見せていた。生成りのローブを着ているからここの職員なのだろうが、随分と幼い者まで働かせているものだと、アマーリエは目を白黒とさせた。

「それで？　例の種のことは、何か分かったか？」

その発言に、アマーリエはなぜここに連れて来られたのかを理解した。

王はここであの小瓶の種を調べさせていたのだ。確かに王立施薬院ならば植物に関しての情報が豊富だろう。

王の質問に、ジーモンの大きな目がわずかに眇められる。

「いくつかを萌芽させてみました」

「ほう。できたのか」

「古い種だったようで、てこずりはしましたが、なんとか」

「それで？　何の植物だった？」

期待に満ちた王の声に、ジーモンは静かに答える。

「種子の形態、芽の形から、デルーマと呼ばれる野草、もしくはその亜種だと考えられます。デルーマは一年草の単子葉植物で、地方によっては薬草としても用いられています。比較的寒冷な湿気の多い場所に生息し、白い小さな花を咲かせます」

――白い小さな花。

パチリ、と閃光のように脳裏によみがえったのは、忌まわしき村クレ・エ・ジーアで見た、あの花畑だった。

エリクを見つけたあの建物の前に栽培されていた、小さな白い花。

その瞬間、その畑の前で話す父とブルーノの声もよみがえる。

『……デルーマという野草によく似ていますが……』

『デルーマとは、その辺によく生えている雑草の？』

『ええ。この炎のような形の葉、恐らくデルーマか、違っていてもその亜種でしょうな』

――小瓶の種は、あの時の白い花……？

考えられる仮説だ。

あの村で『飼われていた』エリクが、曖昧だと言っていたが、それでも記憶にこびりついていた種。飼われていた建物の傍で、ひっそりと隠されるように栽培されていた白い花。

――エリクは私に『持っていろ』と言った。『誰にも渡してはいけない』のだと。

『エリク』と『白い花』。

その明らかな因果関係が分かっても、重要なことがまた読み取れていない。

――この花は、何のためのものなのか。

それは多分、『エリクがなぜあの村で飼われていたのか』と同線上にある謎だ。

「薬草と言ったな。それはどんな効能がある？」

それまで黙ってジーモンの説明を聞いていた王が口を挟んだ。

王は長い人差し指で、トントン、と己の顎を叩きながら、唸るように言う。

「効能でなくともいい――つまり、毒薬として」

「毒……」

不穏な単語にアマーリエが思わず呟く隣で、けれどジーモンは淡々と返した。

「薬と毒とは表裏一体です。正しい量を正しい方法で使えば薬となり、間違えば毒となります。薬草と毒草に境目はありません」

「分かった。言い方を変えよう。間違った量を間違った方法で使うと、人を殺せる類の植物なのか？　そのデルーマとやらは」

厭みったらしい言い方にもジーモンは至極冷静に応じた。

「いいえ。毒性は報告されていません。主に髭根《ひげね》を煎じて飲むことで、強心薬としての効能があると言われているようですが、効果のほどはまじない程度のものでしょう。花や葉は観賞用に使用されるのがほとんどで、経口で摂取する習慣はないようです。勿論、花や葉に毒性もありません」

「毒ではないのか」

「デルーマであれば。あの植物に毒性があるかどうかは、萌芽しただけの現段階ではまだ分かりません。ですが私の見解を申し上げれば、この種はデルーマそのものか、あるいは亜種ですから可能性は低いでしょう」

エリクと毒薬が結び付くなど、不穏な気配しかない。ジーモンの返答に、アマーリエは内心溜め息を吐いていた。

毒草である可能性は低いと否定してくれたジーモンと、思案顔の王を見つめる。

そうでなくてよかった、という安堵と同時に湧き起こったのは、王への危惧だった。

――王は、エリクが毒と関わっていると思いたいの？

王はあの種がアマーリエの『エリク』からもらった物だと知っている。その種が毒草ではないのかとわざわざ確認する理由は、アマーリエの幼馴染みの『エリク』が『コンラート』だと考えているからではないだろうか。『エリク』が『毒』と関わりがあると分かったところで、王には何の利益もないはずだ。

もしそうならば、王は『コンラート』が毒草と関連していると疑っていることになる。

『私が求める答え』――それは王がよく使うフレーズだ。

――王の求める答えが、『コンラート』を破滅させるための手段だとしたら？

側近にするほど気に入っているといわれているコンラートを、王が破滅させるとは考えにくいと思っていた。だがこの王であれば、殺すために――あるいは、逃がさぬよう、あえて傍に置くことくらいはするだろう。

『コンラート』は『エリク』だ。

たとえ王が相手だろうが、エリクを傷つけるのであれば、アマーリエは身を挺してでも、それを阻止しなければならない。

あれほど酷く拒絶されたにもかかわらず、エリクを諦めきれない自分に苦笑が漏れる。

どれほど酷い目に遭おうが、幾度拒まれようが、それでもやはり自分にとって一番大切なのは、エリクだ。

王をもってしても揺らがないその信念に、アマーリエは改めて自嘲する。

これまで何度も諦めようと試みてきた。エリクが消えてしまってから、六年もの間、ずっと。

けれど、できなかった。忘れようとして剣術に励み身体を疲れさせても、寝る間もないほど河川工事に没頭しても、アマーリエの中に空いた穴を埋めることはできなかった。

それを、再会したエリクが一瞬で埋めてしまったのだ。

ようやくまみえたあの瞬間を、アマーリエは忘れることができないだろう。

枯渇した泉から再び水が湧き出で、満たされる感覚。

エリクの声、姿、その存在のすべてが、アマーリエの空洞を埋めてくれた。

――エリクがいて初めて、私は完全になる。

唯一無二。誰にも渡さない。

他の何を犠牲にしてでも、護りたい。

――私は、きっと辺境伯には向いていない人間なのだろう。

王よりも、国よりも、領民よりも、エリクがいい。

エリクを再び得られるのであれば、すべてを棄ててもいい。

――護ってみせる。

アマーリエは顎を引いて、目の前の現実に焦点を合わせ直す。

王は目的を果たしたのか、ジーモンになにかを告げると、アマーリエを促して施薬院を後にした。

お忍びを意識した飾り気のない二頭立ての馬車に乗り込みながら、アマーリエは考えを巡らせる。

王が何を考えているのか、情報が少なすぎる。このままでは、エリクを護るどころか、下手を打てばエリクに危害を及ぼすことになりかねない。

向かい合わせに座った王は、長い脚を組んで頬杖を突いている。

「陛下」

「なんだ？」

「ブロン男爵は、エリクです」

アマーリエはあえて断定する言い方を選んだ。

コンラートはエリクであると、王も考えているに違いない。アマーリエは見ているが、もしそうでなかった場合、『陛下はブロン男爵がエリクだと思っていますか？』などと尋ねてしまえば、怒りに触れる恐れがある。なにしろ、王はコンラートがエリクではないと、公的に認めているのだから。

アマーリエが勝手にそう考えているのだとした方が、もし見込み違いであったとしても、小娘の世迷い言として捉えてもらえる可能性が高いと考えた。

王はアマーリエにちらりと視線を寄越し、フッと息を吐くように笑った。

「そうだろうな」

その回答に、アマーリエは、やはり、と思う。王はコンラートを『エリク』だと思っている。

この様子からいくと、それはアマーリエが現れる前から——恐らく、父がそう言った時からだったのではないだろうか。

「なぜ陛下は、コンラートはエリクではないと公言なさったのですか？」

アマーリエが尋ねれば、王は肩を竦めた。

「奴がそう言ったからさ。本人がそう言ってるのに証拠もなくどうして違うなどと言える」

「……証拠」

では王もまた、コンラートがエリクだという証拠を捜しているのだろうか。

王が求めているものとは、そのことなのか。

アマーリエがおうむ返しをした言葉に、王が頷いた。

「そう、証拠が必要なんだ。奴に、奴が何者なのかを吐かせる証拠がな。私はずっとそれを捜していた」

――王もまた、エリクが何者なのかを知らない……？

では素性のしれない者を側近にしているということなのだろうか？　一国の王が？

常識では考えられない。軽く眩暈を感じながら、アマーリエはまじまじと王の顔を見る。

「陛下は、ブロン男爵――いいえ、エリクが何者か、ご存じではないのですか？　それなのに、彼をご自分の傍に置かれている？」

「お前は知っているのか？　自分の想い人なのだろう？」

逆に問い返され、アマーリエは口を噤む。

そうだ。アマーリエとて、エリクを何も知らない。

エリクがなぜあの村であんな扱いを受けていたのか。エリクの両親はどんな人間だったのか。エリクがどんな苦しみを味わって来たか。

何も知らない。ただ、幼い痩せ細った少年を連れ帰っただけだ。

知っているのは、傍にいたあの頃の幸せな記憶だけ。

黙り込んだアマーリエを、王がせせら笑った。

「奴が何者かも知らずに、よくも想い人などと言えるものだ」

「――エリクは私の半身です」

侮蔑の籠もった眼差しに、アマーリエは怒りの双眸で応じた。だがそれすら一笑に付して王が吐き捨てた。

「英雄の娘もしょせん小娘に過ぎぬか。愛だの恋だの、思い込みで動く浅慮さには反吐《へど》が出る」

憎悪すら感じられるその物言いに、アマーリエは唇を噛んだ。

――王は、エリクを憎んでいる……？

王はエリクをかわいがっているように見えた。だがその反面で、エリクを試し、観察しているようにも思えたことを、アマーリエは今更ながら思い出していた。

「陛下は、なぜエリクを……？　彼とはどうやって出会ったのですか？」

そうだ。そもそも、なぜエリクは王のもとにいることになったのか。

ニュンベルグを出た後、エリクはどうやって王と出会ったのだろう。

アマーリエの質問に、王は半眼になった。それは睥睨《へいげい》しているようで、どこかうっすらと笑っているようにも見えた。

「あれは、『王殺し』だ」

「王殺し⁉」

穏やかならざる言葉に、アマーリエが仰天する。

「ど、どういう……」

「あいつは六年前、唐突に私の前に現れた。どうやって忍び込んだのか、私の寝所に、真夜中に、だ。そして謎の言葉を吐いた」

――六年前……。

ニュンベルグから姿を消した年だ。

『神の鉄槌』に罹ったアマーリエをどこからか持ってきた薬で救い、姿を消した。

その後エリクは王のもとへと走ったのか。

「謎の言葉……？」

王が吐息だけで笑う。その目はどこか遠くを見ていた。

「この国は『血の壁』を失った」

「――血の、壁……？」

禍々しい言葉だ、とアマーリエは思った。

血の壁。血でできた壁？　当たり前だが、物理的にそのままの意ではないのだろう。

何かの比喩。だが、それの指すものに見当がつかなかった。

繰り返すアマーリエに、王は首肯する。

「そうだ。あいつはベッドで私の上に馬乗りになって、その一言だけを告げた」

「血の壁とは、何なのですか……!?」

アマーリエの問いに、けれど王は口の端を歪めて首を振った。

「さあな。それが分かれば苦労はしない。だがあいつはそう言えば分かるとばかりに言い捨てて、私の首に手をかけ絞め上げた」

アマーリエは血の気が引くのが分かった。

つまり、エリクは王を殺そうとしたということになる。

だから、『王殺し』なのか。

「首を絞められながらも、何のことかさっぱり分からない私は、その手を掴んで叫んだ。『血の壁』とは何だ？　お前は誰だ、とな。するとあいつは目を見開いて、『お前は王ではないのか』と言ったんだ」

「ど……どういう、ことですか……!?」

聞いた事実の衝撃に、アマーリエは喘ぐように言った。

恐慌に陥る寸前のアマーリエを尻目に、王は淡々と話を続けた。

「私は、王になる人間ではなかったということだ。王には長兄がなる予定だった。そして長兄がもしもの場合には、次兄が。けれどその両方が死に、他国で遊び暮らしていた私が呼び戻され、王位に就いた。私は、王となる教育を受けていない。何も知らされないまま、王となったんだ」

まるで謎かけのような王の発言に、既に混乱しかけていたアマーリエは喘ぐように言った。理解が追いつかなかった。

「分かりません。何をおっしゃりたいのですか？」

「……王になる人間には、秘された知るべきことがあったはずだということだ。私は、その秘密を知らない。……そして、あいつはそれを握っている。決して口を割るつもりはないのだろう。どれほど拷問《ごうもん》しようとも、あいつは口を割らなかったんだからな。仕方なく、逃がさないために側近として傍に置いた」

拷問、という言葉に思わず王を見る目つきが険を孕む。

だが王を手にかけた者がそれで済んだのだから御の字だと思い直した。

アマーリエはごくりと唾を飲んだ。目の前が真っ暗になった気がする。

今まで自分はエリクの何を見てきたのだろう。

エリクが何を思い、どんなことをしてきたのか、まったく分かっていなかったと突きつけられた。

アマーリエの傍から去った六年前に、エリクは何らかの目的で王を殺そうとした。

恐らくその目的とは、『血の壁』というものに関わるものなのだろう。

「なぜ、エリクが……？」

王家の秘密などに、なぜエリクが関わっているのか。

何もない、辺境の寂れた村の孤児だったはずだ。

――けれど、あの村はおかしかった。

――エリクは獣のように飼われていた。

――隠された白い花の畑の傍で。

頭の中でぐるぐると情報が巡る。眩暈がしそうだった。

「それは私が知りたい。なぜ奴がそれを知っているのか。奴は何者なのか。私は知らねばならない。唯一の生き残りとして、この王家が背負ってきたものが何なのか」

「だから……エリクを監視するために、傍に……」

エリクを逃さないために。

「そうだ。奴が『王殺し』であることは、私とお前の父しか知らない。そうでなければ、殺さねばならなくなるからな」

アマーリエは霞みそうになる目を必死に瞬いた。

――泣くな！　なぜ涙が出るのか。泣いている暇などない！

考えなければ。アマーリエが下手を打つまでもなく、エリクの命は王に摑まれていた。

――エリクはなぜ、『王殺し』など……？

王族に手をかけた人間は、その一族郎党が極刑に処せられる。

だから父はコンラートを『エリク』だと声高に言わなかったのだ。そして王がコンラートを『エリク』ではないと公言するのも、もしエリクが『王殺し』であると露見した場合、腹心である父を護るためだったのだろう。養い子が『王殺し』であるなどと知れれば、父もアマーリエも、そして顔すら知らない親戚まで殺されてしまっていただろうから。

『選ぶだけではない。惑い、苦しみ、道を切り拓かねばならないだろう』

王都へ来る際、父がアマーリエにそう言ったのを思い出す。

——ああ、お父様。

父はこれを知っていて、アマーリエを遠ざけていた。現実が、アマーリエが想い描くような簡単で甘いだけのものではないと知っていたのだ。

「なぜ、陛下は、私にその話を……？」

エリクの握っている秘密を王は欲しがっている。

そしてエリクが『王殺し』である以上、その秘密を手に入れれば王はエリクを殺すのだろう。

王はどうして、そんなことにアマーリエが手を貸すと考えたのか。

アマーリエを利用しようと思うなら、隠しておくべきものだったはずだ。

アマーリエの震える問いかけに、王はニヤリと口の端を上げた。

小さな馬車の箱の中が、異様に息苦しく感じられた。コルセットをはめていないすべらかな背に、生温い汗が伝う。

王が黒い双眸をぎらりと光らせた。

「コンラートの——いや、エリクの秘密を暴け。その報酬は、エリクの命だ」

「――!!」

アマーリエは目を見開いた。

『血の壁』とは何か。また王家の秘密の内容をエリクから聞き出すことができれば、『王殺し』には恩赦を与える。お前の婿としてニュンベルグに迎え入れ、一生監視することが前提だ」

絶句したアマーリエに、王が笑う。

「お前にとってもいい話だろう？　恋い焦がれた男が手に入るんだ」

おどけたように言い捨てる王を睨みつけた。

この男は、エリクを裏切れと言っている。

エリクが必死で守ろうとしている秘密を暴き、そしてエリクを手に入れろと。

王に加担し、自分を裏切ったアマーリエを、エリクが赦すだろうか？

――きっと、赦さない。

エリクは秘密を守るために命をかけている。『王殺し』となってまで成し遂げようとした何かを、そして拷問にかけられても明かそうとしなかった何かを、よりによって疎んでいるアマーリエに明かされたとなれば、エリクはアマーリエを憎むだろう。

更にエリクには、そんな憎い相手と婚姻を結び、監視され続けなければならないという未来が待っているのだ。

――憎まれ続けるだけの未来。

ゾッとして、アマーリエは思わず自分の身を抱き締めた。

だが結果的に、アマーリエは王の提案を受け入れた。

それが唯一、エリクの命を守るために、アマーリエにできることだったから。

そして、アマーリエ自身も知りたかった。

エリクがなぜ王を殺そうとしたのか。なぜアマーリエから離れてしまったのか。エリクはなぜそんなにも頑なに、『秘密』を守ろうとするのか。

——だって、エリクは全然幸せそうじゃない。

笑わない、陶器人形のような表情。張り詰め、少しでも触れればパリンと音を立てて割れてしまいそうだ。

——あなたは、何者なの。エリク。

知りたい。分かりたい。そして、分かち合いたい。エリクがその身に背負う何かを、アマーリエも共に負いたい。

憎まれてもいい。苦しくてもいい。一緒にいられるなら、それだけで。

——傍にいさせて。

他に、何も要らないから。

＊＊＊

王に送り届けられたのは、夕闇が迫る時間だった。

ニュンベルグに戻っていたはずの父は、風の如き速さで馬を走らせたのか、もう帰宅していた。

「なんだ、ギルベルト。いないと聞いていたのに」

ホールで出迎えた父に、王が目を丸くして言った。

父は到着したばかりなのか、まだ旅装のままで、髪も乱れている。

「陛下、少々お耳に入れたいことがあります」

「なんだ。ニュンベルグのよい土産話でもあったか？」

「さて。よいかどうかは、陛下のご判断にお任せするしかありませんな」

含みのある物言いに、王がわざとらしく身震いしてみせる。

「おお、怖い怖い。そうやってすべてを私のせいにするのだろう」

「何をおっしゃいますか。陛下のご英断こそ、私の結論であります」

「よく言うわ、狸爺め」

フンと鼻を鳴らす王に、父は豪快にハハハと笑う。

軽口の叩き合いも慣れたものというところか。先ほど、喉元に刃物を突きつけられるような体験を王にさせられた身としては、父のその豪胆さを改めて凄いと思った。

男性二人が応接間に向かうのを見送ろうと立ち止まったアマーリエに、父が手招きをした。

「お前も来るんだ、アマーリエ」

呼ばれたことに戸惑いつつ慌ててついて行けば、王も意外そうな顔をしていた。

応接間で人払いをした父は、ソファに座った王に一冊の古めかしい書物を手渡した。

「なんだこれは」

王が訝しげにそれを引っ繰り返したりしている。

「日記帳？　鍵が付いているのか」

カチャリ、と小さな金属音を立てて、書物の右端に取り付けられた鍵が存在を主張した。

深緑色の革張りのそれを、アマーリエは目を凝らして見つめた。

どこかで見たことがあるような気がする。

――どこで見たのだったかしら……。

そう思った時、父が口を開いた。

「ニュンベルグの我が邸の中で見つけた物です。隠し部屋を発見しましてな」

ドクリ、と心臓が音を立てた。

隠し部屋。

ニュンベルグの邸にある図書室に隠された小部屋だ。

アマーリエが見つけ、エリクと二人だけの秘密だと言って誰にも話さなかった。

父はあれを見つけたのだ。

——この日記帳は、あの部屋で見つけたんだったわ。

あの隠し部屋をエリクと二人で捜索し、見つけた物の中にこの日記帳もあったはずだ。

——そうよ。あの小瓶を見つけたのと、同じ時だ。

顔を上げて父を見れば、父もこちらをまっすぐに見つめていた。

アマーリエの表情に何か確信を得たのか、父は小さく溜め息を吐いた。

「やはり、あの隠し部屋の存在を知っていたのだな」

そのとおりだったので、アマーリエは小さく頷く。

「もうずっと昔……子供の頃のことです。図書室を探検していて、偶然に見つけたんです」

「なぜ私に教えなかった？」

父の物言いは静かだったが、どこか咎めるような色を含んでいて、アマーリエは目を瞬いた。なにしろ子供の頃の話だったし、当のアマーリエも今の今まで、あの隠し部屋のことは失念していたほどだったから。

あの隠し部屋には子供が興味をそそられるような物はなく、二、三度出入りして飽きてしまったので、それ以上行かなかったように思う。

「お父様が今まであの部屋をご存じなかったとは、私も思いませんでした」

父はあの邸の主で、しかも武人だ。貴族の邸には敵襲に備え、隠し扉や通路が大抵あるものでで、それを主である父が把握していないとは思わなかったのだ。

アマーリエがそう答えれば、父は渋面を作った。

「それは私の落ち度だな。だが設計図の中でも、あの隠し部屋はそれほど巧妙に隠されていた。私もあのニュンベルグ邸の図書室がおかしいと気づいたのは最近なのだ」

ああ、なるほど、とアマーリエは独り言ちる。

この国では、爵位には領地とその邸が伴う。前の爵位の持ち主が使っていた邸を、そのまま次の爵位主に明け渡すのである。

父もニュンベルグ辺境伯に任命された時、前ニュンベルグ辺境伯が使っていた邸を引き渡されたのだが、前の持ち主アウスレインは反逆者である。アウスレインの一族郎党――つまり使用人に至るまですべて極刑に処されていた。

つまり、ニュンベルグ邸の詳細を知る人間は一人も残されていなかったのだ。

邸の構造や使い方を知るには、邸に残された設計図を見るしかない。

恐らく父はニュンベルグ邸に入ってから邸の設計図を見つけたのだろうが、専門家ではないため、実物と設計図との差に気づけなかったのだろう。

「では、お父様が持っていらっしゃる設計図には、あの隠し部屋は記されていなかったということですか？」

「そうだ。他の隠し通路などは記されていたが、あの部屋だけはなかったのだ」

なぜだろう、とアマーリエは首を捻る。

邸の主が知らなければ、隠される意味もないだろうに。

アマーリエの心の中の疑問に、王が答えた。

「私と同じだ」

「——え？」

アマーリエは驚いて王を見た。王はソファの上で、手にした日記帳を弄びながら、相変わらず行儀悪く足を投げ出すようにして座っている。

だがその黒い双眸だけは炯々としていた。

「ニュンベルグ辺境伯位は、代々アウスレイン家が世襲してきた。ギルベルトまで一度も、アウスレイン家以外の者が継いだことがなかった。つまり、ギルベルトもまた、『辺境伯となる人間ではなかった』ということだ」

アマーリエは目を瞠った。

『辺境伯となる人間ではなかった』

よく似た言葉を、さっき聞いた。

——『王になる人間ではなかった』。

それは以前王自身が言った言葉だ。

そして、自分は『王となる教育を受けていない』とも。

『王になる予定ではなかった』王。

『辺境伯になる予定ではなかった』父。

つまりこの両者とも、『その教育を受けていない』ということなのか。

「となると……その隠し部屋とやらに、『ニュンベルグ辺境伯たる務め』の秘密がありそうだな。それで、この日記帳というわけか！」

王がクスクス笑いながら言い、手にした日記帳を振った。父が腰に手を当て、やれやれと肩を竦める。

「そのとおりです。だが問題がありましてな。その鍵がいかにしても開かないのですよ」

「なんだと？　そんなもの、壊せばいいじゃないか」

当たり前のようにそう言った王に、父はふう、と溜め息を吐く。

「何でも壊せばいいかのように……その短絡的で大雑把なところは、直さなくてはいけませんな、陛下」

教師のような口ぶりになった父に、けれど王は腹を立てるふうもなく、嫌そうに鼻に皺を寄せただけだった。

「……口やかましい奴だな。要するに、壊せないってことか？」

「そうです。私も専門家にこの鍵を調べさせたのですが、非常に厄介なカラクリ鍵となっていましてね。無理矢理壊せば、着火装置が作動し、中に仕込まれた火薬に着火します」

その説明に、王が目を瞬いた。手の中の日記帳をしげしげと眺め、金属の鍵の部分を指で撫でている。

確かに、とアマーリエも驚きながら、王の手の中のそれを観察する。本の鍵にしては随分と仰々しい作りをしているが、まさか火薬まで仕込まれているとは。

「爆発するのか」

「はい。結果、日記帳は炭と化します。ちなみに、着火させないように水に浸ければいいというのも却下です。恐らく水に浸ければ、中の文字はすべて消えるインクを使用しているでしょう」

「八方塞がりじゃないか」

憮然と言った王に、父がにっこりと笑った。

「塞がってはいません。正攻法の門だけは開いています」

「つまり、鍵を見つけろ、ということか」

「ご明察」

満足気に頷いた父に、王は忌々しそうに舌打ちで返した。

「その隠し部屋とやらの中は隈なく探したのか？」

「鍵を見つけていれば、私がこうしているはずがありませんよ。だから娘を呼んだのです」

急に話の矛先を向けられ、アマーリエは驚いて姿勢を正した。

父がアマーリエを見た。

「あの隠し部屋から、お前は何か持ち出さなかったか？」

「――――」

絶句した。

持ち出した。エリクが気にしていた、あの小瓶だ。

「持ち、出しました……」

「何を持ち出した？」

畳み掛けるように問う父から視線を外し、アマーリエは王を見た。

王はこちらをじっと見つめていた。

「……小、瓶です。何かの、種が入っていました」

『僕が存在した証』

エリクがそう言って、アマーリエに渡したもの。

――ああ、どうしよう、エリク。

アマーリエはぎゅっと目を閉じた。

あれは、あの小瓶は、きっと『鍵』だ。エリクの『秘密』を、暴いてしまう。

一度は王に加担しそれを暴こうと考えていたくせに、いざエリクを裏切るとなると、心が恐怖に震えた。

エリクに憎まれるのが怖かったのではない。

それを本当に暴いていいのか、暴いた先にあるものが何なのか、知るのが無性に怖かった。

アマーリエの答えに、王が目を閉じた。

　そして素早い動作で立ち上がると、父に言った。

「了解した。ギルベルト、その小瓶は私が既に預かっている」

「おや、そうでしたか。……で、その小瓶とやらはどこに？」

「施薬院の筆頭薬師に預けてある。中の種を調べさせているんだ」

　施薬院、と父は呟き、顎に手を当てて少し目を眇めた。そして思い出したように眉を大きく上げた。

「……ああ、ジーモン殿か。ならば信用できますな。ですが、その小瓶は果たしてこの日記帳の鍵となりますかな？　瓶、なのでしょう？」

「瓶の蓋の辺りに金属の装飾が付いていたが……どうかな。試してみなければ何とも。物理的に『鍵』となるのか、あるいは観念的な……『鍵を示唆するもの』であるのか。そもそも、その小瓶が『鍵』と決まったわけではないしな」

「ごもっとも。ですが、あの隠し部屋にある物が『鍵』でないとすると、『鍵』をその外に捜し出さなければならない。手がかりがないと、いかんともしがたい状況となってしまいますな」

　父がうんざりと吐き出すように言い、王もまた腕を組み渋面を作っている。

「仕方あるまい。とりあえず、この日記帳を持って、明日もう一度施薬院に行ってみることにしよう」

　王はそう言い置くと、邸を後にしたのだった。

＊＊＊

「お父様はいつから、エリクが王都にいると知っていたの？」

王が帰った後、アマーリエは寝室にいる父に尋ねた。

父は旅装を解き、近侍に足湯を手伝わせていたが、アマーリエの質問に溜め息を吐いて、人払いをした。

使用人が部屋から出て行ったので、アマーリエは彼らの代わりに父の傍に行き、足湯を手伝うことにした。

腕捲りをして、陶器のたらいの中に手を差し入れる。湯加減を確認して、湯に浸かっている父の足を手で擦った。

「エリクが王に手をかけた、六年前からだ」

では、エリクが姿を消してすぐということだ。

「……そんなに、早く」

「……すまなかったな、アマーリエ」

謝る父に、アマーリエは力なく首を振った。父がアマーリエに言わなかった理由が分かったから。

『王殺し』である以上、エリクは処刑される運命だったのだろう。王の側近として、父がそれを止められるはずがない。庇うことで自らの一族をも危険に晒すこととなるのだから。死んでしまう者のことを、アマーリエに教えたところで、何の利もないと判断したのだろう。アマーリエが父の立場でも恐らく同じことをする。

だが、とアマーリエは顔を上げる。まだ腑に落ちない点がある。

「でも、なぜお父様は、エリクを見つけた後も、エリクの捜索をなさっていたの？」

エリクを見つけていたのなら、エリクを捜索するのは無意味だ。

それなのに父はその後数年、エリクの捜索をやめなかった。

それはなぜなのか。

「あれはエリクの捜索をしていたんじゃない。エリクの素性を探っていたんだ」

「……あ……」

そうか、とアマーリエは思う。

『王殺し』が『王家の秘密』と関わっていることは、エリクが王に『お前は王ではないのか』と発言してしまった時点で分かっている。そして父は『王殺し』が『エリク』だと分かっているのだから、エリクが一体何者なのかを探るのは当然の流れだ。

「手始めに調べたのは、あの奇怪な村――クレ・エ・ジーアだった。だがニュンベルグ中の書物を調べてもあの村に関する記述はほとんどなく、更にあの火事で村人は全滅、村自体も焼け野原で、何の手がかりも得られなかった。あの村は村外婚を禁じていて、他の村や町とは血の繋がりを持たなかったため、伝え聞くこともままならなかった。まさにお手上げだ」

アマーリエは足湯の手を動かしながらも、父の言葉を頭の中で反芻していた。

奇怪な村。そのとおりだ。

獣同然に飼われた子供――そしてエリクを助け出してからも、あの村人はエリクを取り戻そうと執着していた。

ひっそりと栽培されていた『白い花』。

そしてエリクが居なくなったと同時に起こった、謎の火事。父は放火だと言っていた。では誰が、何のためにあの村を焼き払ったのか。

分からないことだらけだ。だが、そのすべてに共通点がある。

――『エリク』だ。

アマーリエは目を閉じた。すべては、エリクに繋がっている。

「村から手がかりを得られなかったので、次は別の角度から探った。『猫の目』だ」

アマーリエはハッとして目を開けた。

確かに、エリクのあの猫のような瞳は、他に類を見ないほど珍しいものだ。遺伝であるとするならば、エリクのルーツが辿れるかもしれない。

「ニュンベルグだけでなく、この国全土で、猫のような瞳を持つ人間はいないかと探してみた。それこそ何年もかけて、伝記や伝承の類に至るまで。――だが」

アマーリエは手を止めて父を見上げた。その表情から、答えを察した。

「……でも、見つからなかったのね」

「そうだ。猫の瞳を持つ人間など、どこにもいなかったんだ」

そう、とアマーリエは相槌を打って、また手を動かした。

――あなたは何者なの、エリク。

知れば知るほど、エリクが分からなくなる。

それでも、彼を『半身』だと感じる自分の中の根幹は揺らぐことがない。

「アマーリエ」

再び目を伏せた娘に、父が言った。酷く優しいような、とても厳しいような声だった。

アマーリエは顔を上げた。なぜだか、涙が込み上げてきた。

「それでも、エリクを愛するか？」

滲む視界の向こうで、父は微笑んでいたのだろうか。怒っていたのだろうか。

――でも、どちらでもいいの。

「ええ、愛するわ、お父様。エリクを、永遠に」

答えは、同じだから。

＊＊＊

夜は好きだ。

昔から、闇は恐ろしくなかった。奇妙なこの目は、人よりも夜目が利くらしい。闇は黒ではなく群青で、時間は光の中にあるよりも静謐にゆったりとたゆたっていた。

何よりも、自分にとって夜は逃避の場所だった。

あのおぞましい村人たちが刃物で切りつけに来るのは陽の光がある頃で、夜が訪れれば奴らは去り、もう痛めつけられることはないと分かっていたから。

太陽が恐ろしかった。光は痛みと共にやってくるから。

陽の光の中では、切りつけられる痛みと、膿《う》んだ身体が発する熱とで朦朧とするばかりで、世界は常に混沌としていた。――いや、そう思い込もうとしていた。望むものすべてを断ち切られた。萎《な》えた希望はいつしか絶え、望まないことが望みとなった。望んでしまう自分の心が、叶えられない現実に痛めつけられることを覚えてしまったから。

光の中なのに、色がなかった。曖昧な、灰色の世界。

夜だけが居場所だった自分に、昼の耀きと色彩を取り戻してくれたのは、翡翠の瞳をした少女だった。

アマーリエ。自分のすべて。魂そのもの。

恋などというにはあまりにも深く、愛などというにはあまりにも偏りすぎたこの感情を何と呼べばいいのか、自分自身にも分からない。

ただ、彼女のために生きようと思った。

彼女のために死のうと思った。

誰であろうと、何であろうと、彼女を害するものすべてから護ろうと思った。

それだけが、道標だった。

──たとえ、その害悪が己自身であったとしても。

アマーリエ。

あなたのために生きたい。

あなたのために死にたい。

生きたい、生きたい、生きたい──死にたい、死にたい、死にたい。

両極の想いは、けれど同じものに根差している。妄執と化した願望は、決して望んではならない願いの成れの果てだ。

六年前のあの時、死を選ばなかった自分が、その代償として心の奥底に眠らせ鍵をかけたその願いは、二度と目覚めることなく死に絶えるだろう。

それをどうしようもなく苦しいと思ってしまう自分がいる。

この苦しみをすべて彼女のせいにして、詰《なじ》ってめちゃくちゃにしたくなる瞬間がある。

──愛しくて、愛しすぎて、憎い。

壊してしまいたくなる。彼女のすべて。この世のすべて。

そうすれば、壊れた彼女の欠片を一つ残らず拾い集めて、抱き締めて、生きられるだろうか。

くすり、と自嘲が漏れた。

――きっと、生きられやしない。

きっと自分は、砕けた彼女と同じくらい粉々になって、混じり合ってしまいたいと願うだろう。

彼女のいない世界で、生きる意味など、雨粒ほどもないのだから。

彼女を壊すくらいなら、自分が死ぬ方がいい。

けれど、せめて。

一筋の爪痕でいい。私が生きた痕を、あなたの中に。

「赦して、アマーリエ」

それだけをよすがに、私は微笑んで死んでいくから。

＊＊＊

カタリ、と音がして、アマーリエはベッドの中で身を固くした。

アマーリエは父の部屋を辞した後、湯浴みを終え早々に自室のベッドに潜った。多くのことが一度に起こりすぎて、身体がぐったりと疲れていた。

それなのに、頭だけは冴え切っていて、眠りがなかなか訪れない。

柔らかなシーツに包まりながら悶々と夜の帳《とばり》を見つめていた時、その音を聞いたのだ。

――誰かが、いる。

アマーリエは武人だ。静寂の中ならば、自分以外の人の気配を間違えるはずがない。

だがこの時、アマーリエは自分の感覚を疑った。

――この、気配は。

いくらアマーリエとて、人の気配がすることまでは分かっても、それが誰であるかなど分かりようもない。

唯一を除いては。

――エリク？

彼女の半身。エリクだけは、その気配だけで彼と分かる。彼女の五感のすべてが、エリクを認証して騒ぎ立てるのだ。

今確かに、エリクがここにいる。

――けれど、どうして？

エリクはアマーリエを蛇蝎《だかつ》の如く厭っている。忘れたい醜悪な過去の残像だと、切って捨てられたのだ。そんな彼が、どうして自らアマーリエに近づくだろう。

アマーリエは半信半疑で、そっと薄闇に声をかけた。

「……誰」

自分でも笑いたくなるほど弱々しい、頼りない声だった。

エリクであってほしいのか、そうでないのか、自分でも分からなかった。

会いたい――会いたくない。会えば望んでしまうから。愛されたいと。抱き締めたいと。

疎まれていると分かっているのに。

闇の中で、その人が笑う気配がした。

「誰か分からない？　本当に？」

アマーリエは瞼を閉じた。

――エリク。

「あなたが私を分からないはずがない」

思いのほか近くから響いた声に、瞼を開いた。

暗がりの中、エリクが立っていた。手を伸ばせば届くほどの距離だ。

紺青をそこだけ切り取ったかのように、エリクの長身が白く浮かび上がる。

「エリク」

アマーリエは半ば呆然として呟いた。夢を見ているのだろうか。

それほどエリクの姿は美しく、常人離れしていた。

薄闇に溶け切らない白面はおぼろげで、アマーリエは身を起こして手を伸ばした。

エリクが消えてしまいそうだった。

アマーリエのその動きに、エリクがゆるりと唇を上げる。儚い笑みだった。

「ここにいる」

伸ばされた手を取り、握られる。

温かい。その感触が紛れもない体温なのに、アマーリエは余計に焦燥に駆られた。

それはエリクがいなくなってしまった、あの時と同じだったたから。

病に浮かされたアマーリエに、エリクは同じ言葉を言って手を握ってくれた。

「行かないで」

アマーリエは言った。分かってしまったから。

――エリクは、またいなくなるつもりなんだ。

それはアマーリエが王に小瓶を渡してしまったせいなのか。

エリクの握る『王家の秘密』と関係があるのか。

尋ねるべきことは山のようにあるはずなのに、この時アマーリエにはそれらのどれも頭にはなかった。

ただ、エリクがまたいなくなってしまう恐怖に怯えていた。

込み上げる涙をそのままに、アマーリエは哀願した。

「行かないで、エリク。もう我が儘を言わないわ。あなたが私を忘れたいというなら、それでいい。もう話しかけないし、近づくなと言うなら、二度と傍には寄らない。傍に置いてくれなくていい。だから……ねぇ、行かないで……お願いよ……」

涙をポロポロと零しながら、縋りついた。

昔は抱き締めればすっぽりとこの両腕の中に収まったエリクの身は、大きく逞しくなって、アマーリエにはもう抱え切れない。

それでも、離したくなかった。

エリクは黙ったまま泣きじゃくるアマーリエを見下ろしていたが、やがてその手をそっとアマーリエの頭に置いた。そのまま撫で下ろし、長い金の髪を指で梳き下ろす。

「あなたを忘れたいと思ったことは、一度もないよ」

思いがけない言葉を聞いて、アマーリエはエリクの腹に埋めていた顔を上げた。

こちらを見下ろす美貌は、優しく微笑んでいた。

「エリク……？」

アマーリエは眉根を寄せた。

再会してからずっと、切り捨てるような眼差しばかりを向けられていたのに、その急な変化が恐ろしかった。

――エリクはやはり、行ってしまうつもりなのだ。

しかめっ面になった頬を、エリクが両手で包み込む。

「あなたはいつだって私の道標だった」

優しく、甘さすら含んだ声で言って、エリクが微笑む。暗がりの中では透明に見える琥珀色の瞳が、美しく揺れた。その透き通った双眸に搦め捕られ、アマーリエは目を離せなくなる。

「私の魂。あなたがいたから、私は生き続けた。本来ならば、そうするべきではないと分かっていながら、それでもあなたを想い続けることを止められなかった。あなたの姿を思い浮かべない日は一日たりともなかった。どうしているだろう、笑っているだろうか、泣いてはいないだろうか……ふとした時に思い出すあなたの笑顔が、私の生きる糧だった」

アマーリエは嗚咽《おえつ》を漏らす。

それはずっと聞きたかった言葉だった。エリクがアマーリエを認めてくれて、あなたに会いたかった、恋しかったと言ってくれる。魂だと、半身だと、触れてくれる。

ずっと夢見てきたそれが現実になったというのに、心に込み上げるのは絶望でしかない。

すべての言葉が、別れへの導火線にしか聞こえなかった。

「……やめて……いやよ、エリク……！」

掠れる制止の声を塞ぐように、エリクは口づける。啄むように、何度も、何度も。

エリクの唇を、アマーリエに拒めるはずがない。

残酷で柔らかなキスを受け止めながら、アマーリエは喘ぎ泣いた。

止めどなく流れるアマーリエの涙をキスで舐め取り、エリクは謳《うた》うように語り続ける。

「……それもお見通しだったんだろうね。辺境伯は私の前であえてあなたの話をするんだ。私から反応を引き出したかったんだろう。辺境伯にも近づくべきではないと分かりながら、あなたの話を聞きたくて、素知らぬ顔をして王の傍に侍ったよ」

「エリ……」

エリクが何か言えば言うほど別れが迫りくるようで、アマーリエは止めさせようと名を呼んだ。けれど、エリクは「し……」と唇に指を置いてそれを阻んだ。

「聞いて。あなたが王都に来ると聞いて、私は嘆いた。今までやっとのことで紡いできた細い糸を、断ち切られると分かっていたから……」

「紡いできた、糸……」

それが意味するのは、やはりエリクが頑なに守り続ける『王家の秘密』が暴かれること
なのだろうか。

――でもなぜ、そんなもののために？

心の中に不意に落ちた黒い染みが、一気にアマーリエの不満を膨らませた。

「その『糸』が、そんなに大事？　私を棄ててまで、護らなくてはならないの？」

エリクが目を見開いた。

「アマーリエ……」

「だっておかしいじゃない！　その『糸』って、『王家の秘密』とやらなんでしょう？

そんなのエリクにも私にも関係ないじゃない！　そんなもの見て見ぬ振りをして、私と一
緒にニュンベルグに居ればよかったのよ！　関わらなければよかったのよ！　私は、一緒
に居てほしかったのよ！　傍にいてほしいの……！」

まるで子供の癇癪《かんしゃく》だ、と自分で分かっていた。でも止められなかった。

アマーリエは言いながら、どん、とエリクの胸を拳で叩いた。そのまま、二度、三度と
叩き、けれどビクともしない厚い胸板に縋りつき、すすり泣いた。

震え泣くアマーリエを、エリクがそっと掻き抱く。

「赦して、アマーリエ」

口づけと共に落とされた懇願に、アマーリエは答えなかった。

代わりに、先ほど父がもたらした新たな情報を伝えた。

「――さっき、お父様がニュンベルグから日記帳を持ち帰ったわ」

エリクの腕が、ピクリと動いた。

これを伝えてしまえば、王を裏切ることになるかもしれない。そうなれば、父もろとも失脚するだろう。そう分かっていても、伝えずにはいられなかった。

「あの隠し部屋にあった、鍵付きの日記帳よ。お父様があの部屋を見つけてしまったの。そしてあの小瓶がその鍵となるだろうって、陛下が今調べているわ」

アマーリエを抱き締める腕に、力が籠もった。

「……そうか」

エリクはそう一言静かに呟くと、ただアマーリエを抱き締め続けた。

沈黙が部屋に降りる。互いの呼吸だけが微かに空気を震わせる、生温い薄闇。

こんなにもぴったりと身を寄せ合っているのに、酷くちぐはぐな気がした。

アマーリエはその胸にこつりと頭をもたせ掛ける。

「ごめんなさい。あの小瓶を、渡してしまって」

誰にも渡すな、と言っていたのに。約束を違えてしまった。そう謝れば、エリクが小さく笑った。

「……いいんだ。どうせいずれ王が見つけ出していた。時間の問題でしかなかったんだ。

それに、あなたがあの小瓶を渡さなければ、きっとこうして私があなたに触れられることはなかっただろうから」

「……それは」

どういう意味なのか、と問おうと顔を上げたアマーリエは、その続きを口にすることができなかった。

エリクが、泣いていた。微笑みながら、一筋の、光る涙を頬に伝わせて。

「……エリク？」

驚いてその頬に手をやれば、エリクがそれを取って掌に口づけた。

「さっき、あなたが王都に来ると聞いて嘆いたと言っただろう？」

「……ええ」

「でも、それと同時に、私はどうしようもなく歓んだんだ。あなたに、会いたかった。会いたかったんだ、アマーリエ」

「エリク」

エリクが屈むようにして顔を寄せる。鼻と鼻が触れ合い、琥珀と翡翠の双眸が対峙する。溶け合う眼差しに、こんなにも胸が詰まるのはどうしてなのか。

――こんなにも、好きなのに……！

泣き喚きたい衝動を、アマーリエは必死に堪えた。

エリクがせがむように唇を食んだ。それに応えるように、アマーリエも唇を開く。

啄む唇から、互いの熱が移る。ぬるりと入り込んできた舌は、温度を感じさせない美貌とは裏腹に、酷く熱かった。絡められ、擦り合わされ、アマーリエは眩暈がしそうだった。呼吸を上手くできず息苦しいのに、離れたくなかった。

「……ん、ふ……ぅ、あ……」

「舌を出して、アマーリエ。もっとあなたを味わいたい……もっと傍にあなたを感じたいんだ」

喘ぐアマーリエに、少しだけ唇を離してエリクが言った。熱い吐息と共に吐き出された声は、酷く掠れていた。

アマーリエはいつの間にか閉じていた瞼を開いた。

至近距離で見るエリクの瞳が、欲を孕んで細くなっていた。

ずくりと射貫かれたのは、アマーリエの中の雌だった。エリクの中の雄に反応し、歓喜して、皮膚が、血が、心臓が、騒ぎ立てる。

――そうだ。私たちは、つがいの獣だ。

誰よりも近くに、皮膚よりも内側に、互いを欲しい。

そう欲するのは、何よりも自然のことなのだ。

「エリク……」

アマーリエは顎を反らせ、自らエリクにその唇を寄せる。

迎え入れるエリクが小さく喉を鳴らして笑った。

太く長い腕が、アマーリエを抱き締め返した。今やすっぽりと包まれるのは、アマーリエの方だ。

エリクの匂いと体温に、どうしようもない安堵を覚えて、アマーリエは目を閉じた。

何度も何度も口づける。短いキス、長いキス、深いキス——でも、足りない。

もっともっと欲しい。

皮膚よりも、粘膜よりも、ずっと深く内側に、エリクを。

焦げつくほどにそう感じた時、体が後ろに傾いた。

弾力のある寝具の感触を背に感じる。アマーリエはベッドに仰向けに押し倒されていた。

目を上げれば、エリクの端整な顔がある。

「……ずっと、傍にいて」

アマーリエは言った。エリクに言うというよりは、祈りに近かった。

「……ああ」

血を吐くようにそう呻いて、エリクがくしゃりと笑った。

笑っているのに、今にも泣き出しそうな顔だった。

「アマーリエ」

エリクが再び顔を寄せた。

唇が合わさる瞬間、エリクが声なく呟いたのが分かった。

『——赦してくれ』

アマーリエはそれを受け止めながら、微笑んだ。

——ええ、赦すわ、エリク。

あなたの、嘘を。


二人は性急に互いの服を脱がしあった。

アマーリエは夜着しか身に着けていなかったし、エリクもまたシャツにトラウザーズだけという軽装だったので、それはすぐに終わった。

エリクの身体は美しかった。白く滑らかな肌は陶器のようで、鍛え上げられた筋肉がその骨格を覆い、見事な曲線を描いている。

「……きれい……」

口をついて出たその賞賛に、エリクが呆れたように笑った。

「あなたの方がきれいだ、アマーリエ」

恐る恐る見上げれば、琥珀の双眸が熱を孕んでこちらを射貫いていた。

「きれいだ」

もう一度、エリクが呟いた。

月明かりのみの部屋は薄暗く、けれどエリクの裸体は浮かび上がるように白かった。均整のとれた筋肉と長い手足。編まれていた長い髪は、雑に衣服を脱ぎ捨てられた時に解けたのか、広い背を柔らかく覆っていた。陽の光がない場所でさえ、光り輝くようだ。

「きれい」

アマーリエは繰り返した。するとエリクもまた繰り返す。

「あなたの方がきれいだ」

二人は見つめ合い、そして同時に笑った。

同じことを思い出したのだと、言わなくても分かった。

昔、同じようなやり取りをしたことを。

「あの時とは、順番が逆ね」

そうだな、とエリクは言って、アマーリエの手を取った。

「だが、あの時よりも、あなたはもっときれいだ」

そっとキスを落とされた掌に、アマーリエは泣きたくなった。

幼い日の、あの時の再現をされているのだと分かったから。

「こうやって、あなたに触れたかった。あの頃からずっと」

エリクは囁いて、指の背でアマーリエの頬を撫でる。そのまま輪郭を辿るように手を滑らせ、顎を、首を、撫で下ろしていく。

指が鎖骨を撫で、柔らかな胸へと下りる。若い娘の張りのある丘を登り、天辺に咲く薄紅色の蕾《つぼみ》を掠めた。

ふるり、と白い肉が揺れた。アマーリエが身を揺らしたからだ。

エリクの指がそこに触れた途端、妙な疼きが身に走り、戸惑っていた。

「エ、エリク……？」

問いかけるように名を呼ぶと、エリクはうっそりと笑ってキスをした。

先ほどの貪るようなそれではなく、触れるだけの、酷く清廉なキスだった。

けれどアマーリエは、もっと鮮明な刺激が欲しかった。エリクとの蜜夜を、すべて記憶に留めたかった。

アマーリエが堪らずその手をエリクに伸ばした。

小さな手が、白い頬に触れる。エリクはそれを待つようにじっと見下ろしている。

夜の帳の中、エリクの琥珀色の瞳だけが透き通って鮮やかだった。

それを見つめ返しながら、アマーリエは笑った。

「離れていても、ずっとあなたを捜していた。欠けたものを欲するように。あなたがいない虚ろを抱えて、ずっとずっと辛かった。苦しかった。……エリクも、そうなのでしょう？」

エリクの瞳が波打つ。せめぎ合う何かを堪えようと、ぎゅっと瞼が閉じられた。

アマーリエは空いたもう片方の手もその頬に添え、エリクの輪郭を両手で包み込んだ。

骨張った顎。思い出の彼とは違う、男の感触だ。

でも、エリクだ。

外見がどれほど変わろうと。たとえ、あの頃の想いを忘れてしまっても。

エリクがエリクである以上、自分たちは呼び合ってしまう。惹かれ合ってしまうのだ。

「愛してるわ」

まじないのように囁くと、エリクの美しい顔が降りて来て、アマーリエに口づけた。

そのキスは荒々しく、渇いた獣のようだった。水を欲するようにアマーリエの口内を舐り、唾液を啜る。

自分のそれよりも肉厚の舌の激しい動きに眩暈を覚えながら、アマーリエは柔らかく受け止め、身を委ねた。

エリクのすべてを受け入れたかった。

それは同時に、自分のすべてをエリクに捧げたいという願望でもあった。

アマーリエのその想いが伝わらないのか、エリクはまるでアマーリエが逃げてしまうとでも思っているかのように、性急なままだ。

唇を食まれ、舌を吸われる間に、エリクの両手はアマーリエの身体を這う。その動きは性急なようでいて、壊れ物を扱うような恭しさもある。相反するそれは、そのままエリクの内情を表しているのだろう。

一刻も早く自分のものにしたい。けれど、壊したくない。

そんな葛藤が透けて見えて、アマーリエが思わず笑うと、エリクはムッとこちらを睨む。

「壊れたりしないのに」

安心させるためにそう言ったのに、エリクはくしゃりと顔を歪めた。

苦しそうな微笑みだった。

「――本当なら、私はあなたに触れるべきではない」

自嘲のように吐き出された言葉に、アマーリエはなぜ、と問おうとした。けれどそれを制するようにエリクが再び口づけてきたので叶わなかった。

けれど、問わなくてよかったのかもしれない、とすぐに思い直して目を閉じた。

今は目の前にいる、エリクを感じていたい。

別れを予感させる彼の言葉など、聞きたくはないから。

やがてエリクは唇を離し、夜なのに眩しそうに琥珀の目をほんの少し眇め、アマーリエを見つめた。

「……エリク？」

「夢のようだ」

うわごとのように呟いて、エリクがアマーリエの首筋に顔を寄せた。

「……あ」

ちゅ、とかわいらしい音が鳴って、ちくりとした痛みが首元に走る。首を吸われたのだと分かったが、それだけでは終わらなかった。

エリクはキスで首筋を伝い下り、鎖骨に至るとそこを舌先で擽り始めた。

「っ……は、ぁっ……エ、エリク……」

犬のように舐め回され、くすぐったいはずのその刺激に、ゾクゾクとした震えが背に這い上がり、アマーリエは戸惑って名を呼んだ。

だがエリクは止めてくれず、それどころか更に下へと舌を這わせる。向かう先にはあまり大きくはない乳房が、そのまろやかな輪郭を現している。

「あなたはどこもかしこも甘い……」

囁き声が熱く胸にかかり、息を呑んだ途端、その頂を口に含まれる。

アマーリエは、あ、と間抜けな声を一つ発しただけで、熱い口の中に自分の右の乳首が包まれている感覚を、息を止めて味わった。

エリクの舌が乳首を扱くように舐め、時折引っ張るように吸い上げて、それから上下左右に転がす。そのたびに、胸の先からびりびりとした快感が下腹部へと伝わっていく。

「……っ、ふ、……んっ」

恥ずかしい。それなのに、気持ちいい。

しばらくしてエリクは満足したのか、右の乳首から口を離すと、今度は左のそれを口に含む。

「あ……！」

ようやく甘い責め苦から解放されたと思ったのに、今度はもう片方を同じように攻められ、アマーリエは唇を噛んでそれに耐える。

声を押し殺し、小さく身を震わせるアマーリエに、エリクは追い打ちをかけるように解放された右の乳首を指で捏《こ》ねた。

「んん……！」

両方に与えられる快感に、アマーリエの身体の中に急速に熱が籠《こ》もる。

じわりじわりと高められていく身体は熟み、とろとろと下腹部から蕩《とろ》け始める。

するとエリクの両手が乳房を離れ、まろやかな女体を探索し始める。触れるか触れないかの瀬戸際で撫で下り、少しでもアマーリエが身を震わせた場所には、口づけをし、舐め上げて味わう。皮膚の柔らかな場所はアマーリエが敏感に反応を示したので、執拗なまでに愛撫を施され、アマーリエは繰り出される快楽に溺《おぼ》れ、声を出さないようにするので精一杯だった。

やがてエリクが到達したのは、アマーリエの秘めた場所だった。

それまでの愛撫にぐったりと身を横たわらせるアマーリエの両膝を立たせ、大きく開かせると、エリクはそこを指で触れた。

くちゅり、と音が立った。アマーリエの身体は、エリクを受け入れるための準備を既に始めていたのだろう。膣はとろとろと蜜を零していて、エリクの指を濡らしていた。

「すごいな」

エリクが言った。ぼんやりと快楽に酩酊した頭でも、エリクのその感想には恥じ入るものがあり、アマーリエは脚を閉じようとした。それに気づいたエリクが、自分の身体をアマーリエの脚の間に入れて阻止する。

「どうしたの」

「……だって……恥ずかしい……」

いくら男勝りの武人だからといって、乙女としての恥じらいがない訳ではない。そう睨めば、エリクが小さく首を傾げた。

「どうして。あなたと私の間に、恥ずかしいことなんて何もない。私はあなたのすべてを知りたい。触れたい。あなたは？　あなたは私に触れたくはない？　アマーリエ」

問われ、アマーリエはエリクを見た。エリクは真摯な瞳を向けている。

「……触れたいわ」

触れたい。もっともっと近くに。エリクが欲しい。

するとエリクは微笑んで頷いた。

「私もだ。あなたに触れたいし、触れてほしい」

言いながらアマーリエの手を取り、自分の胸に当てた。広く、厚い胸板だった。しっとりと汗ばんだ皮膚の下に、どくどくと拍動するエリクの心臓を感じた。

「鍛えているのね」

武人らしい感想に、エリクがくすりと笑う。

「ああ、強くならなくてはならなかったから」

「強く？」

「そう。昔から、私は強くなりたかった。あなたを護れるように」

アマーリエは目を上げた。それはアマーリエもずっと思ってきたことだったからだ。

「私もよ。私も、あなたを護れるようになりたかった。強くなりたかった」

エリクはまた微笑んだ。酷く優しい笑みだった。

「知っていたよ」

そしてアマーリエの額にキスをすると、胸に宛てがっていた手をそっと下へずらした。

その先にあるものに気づき、アマーリエが眉を下げる。

「エリク……」

「触って、アマーリエ。これが私だ。男で、雄。あなたの対になるもの」

請われ、アマーリエは恐る恐る眼差しを向ける。

美しく隆起した腹の筋肉につきそうなほど反り返った、エリクの陽根。

生まれて初めて見る男性器に、アマーリエは息を呑んだ。

張り出した傘、血管の浮き出た太く長い陰茎は、まるでそれ自体が生き物のように見える。

「気持ちが悪い？」

尋ねられ、アマーリエは首を横に振った。こういう形をしているのだと驚いたが、気持ち悪くはない。美しいかどうかは、正直よく分からないが。

「触って」

エリクの手が誘導し、アマーリエはそれに触れた。最初は指の背でそっと撫でるように。

ぴくり、とそれが動いたので、驚いたが、手は引っ込めなかった。

「これがあなたの中に入るんだ。あなたの、ここに」

エリクがそう言って、アマーリエの秘所に手を伸ばして触れる。

「……ええ」

知識としては知っている。アマーリエとて年頃の娘だ。乳母の教えやメイドの噂話から学んでいた。だがこんな大きなものが果たして入るのだろうかと不安が湧いてくる。

「怖い？」

思っていたことを言い当てられ、アマーリエは素直に頷いた。

「だって、あなたのそれは、少し大きすぎるわ」

アマーリエの見解に、エリクが何とも言えない表情になる。困ったようなはにかんだ笑みを浮かべ、アマーリエにキスをする。

「大丈夫。そのための準備を今からするから。だから、身体を開いていて」

そう言うと、閉じかけていたアマーリエの両脚を再び開いた。自分でもよく見えない場所を愛しい人に晒していると思うと、また羞恥心が込み上げてきたが、エリクに言われたとおりじっと耐えた。

エリクの指が、愛液を纏わせるようにぬるぬると動いた後、つぷりと一本膣内に入れられた。

「っ」

一本とはいえ、異物の侵入する衝撃にアマーリエは身を固くする。

けれど、エリクが大丈夫、と囁きながらキスをしてくれたので、そろり、そろりと身体の力を抜くことができた。

　エリクの指は、しばらくぬぷぬぷと浅いところを抜き差ししていたが、やがてグッと奥の方まで差し入れて何かを探すように内壁を擦り出した。

「――あ……？」

　身体を内側から弄られた経験などないアマーリエは、その奇妙な感覚に眉根を寄せていたが、エリクの指がある一点を擦った時、尿意に似た震えがぶるりと起こり戸惑った。

「ここ？」

「あ、だめ、エリク……」

　そう言っているのに、エリクは執拗にその場所を擦り始める。

「ここが気持ちいい？」

「や、わ、わからな……」

　エリクの指の動きが速さを増した。いつの間にか指は二本に増やされ、その場所を擦ったり、中を広げるように動いたりしている。くちゅ、ぐちゅ、と泡立った水音が立ち始め、アマーリエはイヤイヤと首を振った。

　何かがきそうで怖かった。

　エリクの肩にしがみつき震えるアマーリエに、エリクはキスを落とし、中から指を引き抜いた。アマーリエの愛液が纏いついたその指は、つう、と透明な糸を引いていた。

　エリクは無造作に手を口に持っていき、ベロリとそれを舐め上げる。

「エリク……！」

羞恥のあまり悲鳴を上げれば、エリクは両の口の端を上げた。淫猥な笑みだった。

「甘い」

何と答えていいか分からず絶句していると、エリクが身じろぎをして、アマーリエの蜜口に己の鈴口を宛てがった。

――ようやく、エリクの傍に。

いよいよエリクのものになるのだと思った時、エリクが言った。

「これは全部私の咎《とが》だ」

「……え？」

「今から起こることは、私だけの秘密だ。あなたは何も見なかった。聞かなかった。私と口づけたことも、私があなたに触れたことも、一切なかった。今私と居たことを、あなたは全部忘れるんだ。いいね？」

今しがたこの腕の中にいる幸福を嚙み締めていたというのに、とアマーリエはカッとなった。文句を言ってやろうと勢いよく顔を上げて、ギクリとした。嫌な既視感を覚えた。

エリクは微笑んでいた。とても優しく、淋しげに。

「誰にも言ってはいけないよ」

その言葉を聞いて、アマーリエの既視感が色濃くなった。

『誰にも渡してはいけないよ』

あの『神の鉄槌』に罹り朦朧とした意識の中で告げられた。

——そう言って、エリクは私から去ったのだ。

けれど今頷かなければ、エリクはこのまま去ってしまうのだろう。それが分かってしまった。

——これが、最初で最後の交わり。

たった一度許された夜を、手離したくなかった。一夜でもいい。エリクが欲しかった。

けれどせっかく取り戻したこの手を離したくなんかない。

「……いやよ……いやよ、エリク……」

アマーリエは唇を戦慄かせて首を振った。

ぼろぼろとまた涙が零れ出す。

泣き縋るアマーリエに、エリクは優しくキスを落とす。

「アマーリエ。約束して。今から起こることを、決して誰にも言わないと。私と契《ちぎ》ったことを、誰にも知られてはいけない」

「どうして？　私はあなたを愛してる！　あなただって……エリクだって、私を愛してるでしょう!?」

互いに想い合っているのに、どうして忘れなくてはならないのか。

昔アマーリエが癇癪を起こせば、エリクはそれを受け入れてくれた。なのに今、エリクは頑なだった。困ったように微笑みながら、それでも決して曲げようとはしなかった。

「あなたが忘れてくれなければ、私はあなたを抱けない」

アマーリエは凍りついた。

酷い男だ。裸で向かい合いながら言う台詞ではない。

けれど、それでもいいからエリクに触れていたかった。

目の前のこの男は、自分のつがいだ。唯一無二の、己の半身。

離れていた時間の空虚さ、そして再会してからの沸き立つような歓喜から、互いにそれを嫌というほど分かっている。

——それなのに、忘れろと言うの。

こうして触れ合っていることも。くれた口づけも。

「酷い人」

アマーリエは小さな声で詰る。酷い。本当に酷い。

何よりも、アマーリエが受け入れると分かってそう言っていることが、本当に酷い。

エリクは自覚しているのだろう。哀しげに自嘲の言葉を零した。

「すまない。……だが、それでもあなたを欲しいと願う、私を赦してくれ……」

抱き締める腕に力が込められ、アマーリエはまた涙を流した。

悔しいのか、哀しいのか。

これほどの想いをさせられながらも、抱き締めるこの腕を嬉しいと、愛しいと思う。

憐れだと思った。身勝手を赦す私も、赦してくれと祈るエリクも。

「……赦すわ」

その広い背に手を添えて、アマーリエは震える声で言った。

「あなたを赦すわ、エリク。だからお願い。一度だけでいい。あなたを、私にちょうだい」

この一度きりの夜をよすがに、この先を生きていかねばならないのだろうか。

そう思いぞっとした。一度手にした幸福の味を、忘れることなどできるだろうか。

だが、それでも今、この男が欲しい。自分のつがいを、その愛を、この身に。

「愛しているの」

口にした想いは、とても単純で切実なものだった。

アマーリエの哀願に、エリクがグッと喉を鳴らした。美しい顔を奇妙に顰めたその顔は、涙を堪えたものだとアマーリエにはすぐに分かった。

「――ばかね。そんなふうに泣くくせに」

そう言う自分自身も涙を流しつつ、アマーリエは白金の頭を優しく引き寄せた。

キスをしたかった。泣くエリクを慰めるために。

傷を舐め合う獣のように、抱き合いたかった。

今もなお、涙を堪える獣の瞳を閉じさせるために、アマーリエはその瞼に口づける。

エリクは目を閉じてその口づけを受け止めた。やがて唇が離れると、今度はエリクがアマーリエの瞼に唇を寄せた。

アマーリエは目を閉じた。

「いくよ、アマーリエ」

エリクがアマーリエの中心に据えたままの屹立をぐっと押し込んでくる。

「あ……」

ありえないほどの重量が、未知の隘路《あいろ》を押し広げようとする。

先ほどの愛撫で柔らかくなっていたはずのぬかるみも、初めての雄をなかなか受け入れようとしなかった。

痛みと圧迫感に、アマーリエの額に脂汗が滲んだ。

「……力を抜いて。アマーリエ。息をして……」

言われて、自分が息を止めていたことに初めて気がつき、アマーリエは震える息を吐いた。だが身はまだ強張ったままだ。

「アマーリエ……」

エリクがうわごとのように名を呼び、浅い挿入を繰り返して、ゆっくりと腰を進める。

みちみちと音が立ちそうなほど、アマーリエの中は狭かった。

ようやく半分ほど収まった頃には、エリクもアマーリエも汗まみれだった。

「エリク……辛い？」

眉間に深い皺を刻むエリクに、心配になってそう問いかければ、エリクが驚いたように目を瞬いた。

「辛くなんかない。幸せすぎて信じられないくらいなのに」

「でも、辛そうだわ」

眉間の皺を撫でてそう言えば、エリクが苦笑した。

「辛いのはあなただろう」

「辛くなんかないわ。怖いくらいに幸せよ」

アマーリエもまた同じ答えを返し、頭を上げてエリクに口づける。

「だから、奪って。私をあなたのものにして」

あなたが与えてくれるなら、痛みすらも、私にとっては歓びだから――。

気持ちを瞳に込めて言外に告げれば、エリクがくしゃりと顔を歪めた。

今にも泣き出しそうな、あの笑顔だ。

「アマーリエ」

深く、強く、キスをされた。

誰よりも、傍にいたくて。誰よりも、深いところで繋がりたくて。

擦り、絡め合い、届く限り最奥まで舐め合いながら、互いの呼吸すらも貪った。

溶け合いたい。一つになりたい。

「愛している」

少しだけ唇を離して、エリクが言った。

アマーリエは目を瞠った。

それは再会して初めて、エリクが口にした愛の言葉だった。

聞けないのだと思っていた。エリクはアマーリエを置いてどこかへ行くつもりだ。だから、言わないのだと。

「愛している、アマーリエ」

「……もう一度、言って」

哀願に涙が絡んだ。

「愛している、アマーリエ。あなただけを。私の半身」

言いながら、エリクは両手でアマーリエの頬を包んだ。すっぽりと収まった小さな輪郭を愛おしげに撫で、やがてその手は後頭部へ滑り、アマーリエを引き寄せた。

裸のエリクの胸に抱き締められ、その肌の温もりを直に自分の上に感じても、アマーリエは恥ずかしいとは思わなかった。

今胸のうちにあるのは、ようやく帰ってきたという安堵だけだった。

エリクはもう一度啄むようなキスを落とし、上半身を起こした。それから愛おしげにアマーリエの頬を撫でると、彼女の両膝の裏を自分の両腕にのせた。

「すまない」

短く謝って、鋭く腰を打ちつけた。

「――っ！」

バシン、と頭の天辺から爪先にまで響くような痛みが、アマーリエを貫く。

雷を身に受けたような衝撃だった。

声もなく身を硬直させるアマーリエを、エリクは身を丸めるようにして抱き締めた。

「すまない、アマーリエ。痛いか……？」

髪を撫でられ、頬に何度も口づけられる。

エリクは辛抱強く待ってくれた。アマーリエの身の強張りが解け、少しずつ身体を弛緩させてもなお、アマーリエの頬や腕を撫で擦る手を止めない。

しかし痛みは長くは続かなかった。じんとした痺れは残っていたが、四肢を動かせるようになると、アマーリエはエリクの首に震える腕を回した。

「全部、入ったの……？」

恐る恐るした質問は、これより先があると言われるのが怖かったからだ。

しかしエリクは、アマーリエが声を上げたことにホッとしたのか、表情を緩めて頷いた。

「ああ」

「じゃあ、私、あなたのものになれたのね？」

今度の質問にはエリクは微笑んだだけで頷かなかった。

「私は、永遠にあなたのものだ。アマーリエ」

言い換えられたことに気がつき、アマーリエが口を開こうとした瞬間、エリクが再び動き出した。

「――っ、あ、まっ、て……エリク、ぁっ」

「待たない——待てない」

熱い吐息とともに囁きかけて、エリクが律動する。中をみっちりと満たしているエリクの陽根は、一度入り切ってしまえばアマーリエの身の緊張が解けたのもあり、思ったよりも滑らかに動いた。

エリクが腰を振るたび、水音と、肌と肌がぶつかり合う音が鳴った。

は、は、というエリクの荒い呼吸が耳朶を擽る。

エリクはアマーリエの一番奥を何度も何度も突いた。その烈しさに呼応するように、アマーリエの中からも愛液がどんどんと溢れ出し、単調だった水音を、じゅぶ、じゅぐ、と卑猥なものへと変えていった。

開かれたばかりの隘路が、エリクの形を覚えようと蠢くのが分かった。

最奥を突いたエリクが、硬い切っ先でぐりぐりと容赦なく抉る。

「アマーリエ……。愛してる……愛している、この世の誰よりも深く、強く」

きつく抱き締められ、アマーリエは泣いた。

愛しているという言葉が、これほど痛いなんて知らなかった。

愛していると言いながら行ってしまうあなたを、どうやって繋ぎ止めればいいのか分からない。

アマーリエは喘ぎ泣いた。

「エリク！　忘れない……！　忘れたくない……！」

最後の夜になるかもしれないこの一夜を、一秒たりとも忘れたくない。すべてを記憶に留めたい。この肌に！　この血潮に！　この身体に！

そう願っているのに、エリクは哀しく笑って首を振った。

「あなたは忘れていいんだ。全部、私が持っていくから」

――どうして、そんなことを言うの……！

せめて、という哀願すら、エリクに否定され、涙が滂沱と流れ出す。

エリクはそれを舐め取りながら、何度も愛していると言った。

愛の言葉を聞きながら、喘ぎ泣きながら、アマーリエは揺さぶられる。

抉られるたび、下腹部に孕んだ快感の熱が膨れ上がる。白く淡く、快楽に押し流されて、思考が薄らいでいく。

こんなにも哀しいのに、エリクをこの身に受け止めて歓んでいる。

天国と地獄をいっぺんに味わっている気分だ。

でも、どちらへ行っても同じだ。

エリクがいないのなら。

「ああ……！　どうして、私は……!!」

しぼり出すような低い声がした。

――ああ、エリクが泣いている。

美しい顔を歪めて、エリクが泣いている。はらはらと零す涙が、アマーリエの頬に落ちる。

「アマーリエ……！」

エリクが叫んで、鋭くアマーリエを穿った。

最奥の壁を突き破らんばかりのその重い一突きで、アマーリエの目に白い星が飛んだ。

「ぁあっ……」

甲高く発せられた嬌声は、けれどそれすら逃すまいとするかのようなエリクの口づけによって、途中で塞がれた。

身も、心も、声も、呼吸すらも愛する半身に差し出して、アマーリエは目を閉じる。

「忘れるんだ、アマーリエ」

落とされた囁きを最後に、アマーリエは急速に霞む思考を手離した。

——地獄でもいい。

あなたが、傍にいてくれるなら。

6　血の壁

目が覚めた時、エリクの姿はなかった。

分かっていたはずなのに、その現実に身体が冷えていくのが分かった。

この身のあちこちにエリクの痕跡が残っている。痛みやだるさ、そして心臓の上には紅い花弁が。

これほどまでに刻みつけておいて、行ってしまうなんて。

『あなたは忘れていいんだ。全部、私が持っていくから』

忘れられるわけがない。こんなにもあなたが愛しくて、恋しくてならないのに。

この身も心もすべて、あなたを欲して泣き叫んでいるのに。

涸《か》れたはずの涙が込み上げる。

「――エリク……」

行ってしまった。私を、置いて。

傍にいると言ったくせに。

頬を伝った涙は一筋で、アマーリエはそれを手の甲でぐいと拭った。

「そうは問屋が卸さないわよ」

ここにはいない、既に発《た》ってしまった男に向かって言った。

「逃がすもんですか」

自分とエリクは、つがいだ。

傍にあるべき存在同士。離れていることの方が間違っている。

それを放棄してどこかへ逃げるつもりなら、地の底へだって追いかけてやる。

エリクはアマーリエを愛している。

いなくなった六年前からずっとアマーリエの中に巣くっていた不安の種は、肌と肌を重ね、深く結びついた昨夜、どこかへ霧散した。

――だから、もう遠慮なんかしてやらない。

エリクがアマーリエから逃げる理由は、間違いなく『王家の秘密』と関係がある。

エリクがアマーリエに託したあの小瓶が王の手に渡った時点で、エリクは何かを覚悟していたのだろう。

そして辺境伯ギルベルトの手の内にあったあの日記帳が、王の手に渡ったことも知ってしまった。

――きっと、あの小瓶で、鍵は開く。

そして『王家の秘密』が暴かれてしまう。だからエリクは逃げたのだ。

「ならば、行く先は一つ」

アマーリエは独り言ちる。

――施薬院へ。

きっと今頃はもう、王が秘密を暴きに向かっているはずだ。

「泣いてる暇なんかないわ」

アマーリエは口の端を上げると、ガバリと勢いよく起き上がった。

＊＊＊

馬を駆るつもりでいたので、動きやすい男性物の乗馬服を選んだ。昨夜の情事に身体中が軋んだが、構ってはいられない。

飾り気のない白いシャツを羽織り、胸に鞣革《なめしがわ》のベルトを着ける。そこに仕込むものを手に取り、アマーリエはその鞘を引き抜いた。

手にしっくりと馴染む懐剣。

男物では少し大きいため、アマーリエ用にと父が作らせたものだ。ニュンベルグでは常に身に着けていたものだが、王都に来てからは一度も触っていなかった。ここへは武人として来たのではないし、婿を見つけに来た女性が持つようなものではない。

角度を変えれば、抜き身の刃はギラリと光を反射させた。

自嘲の笑みが口許に浮かぶ。

――我ながら、呆れた愚か者だわ。

父はきっと嘆くだろう。領民たちも、裏切られたと怒るだろう。

――それでも私は、エリクしか選べない。

秘密が暴かれた時、王がエリクを赦す可能性はきっと低い。

だからエリクは逃げたのだろう。

王は秘密を暴くのは『エリクの命と引き換え』だと言った。けれども状況によってはそうもいかない場合もある。王は断罪せねばならない立場だ。口約束などいくらでも覆される。

――そうなった時に、私が王を殺そう。

そうして秘密を再び閉じ込めてしまおう。

エリクが命がけで成そうとしたこと。

それを、今度は、私が。

アマーリエが仕度を終えて階下へ降りると、父が待ち構えていた。

「おお、アマーリエ。今呼びにやるところだった」

父は身軽な乗馬服に身を包み、手袋をはめながら、ついて来いとばかりに足早にホールへ向かう。アマーリエは自身も乗馬用の革手袋をはめつつ、それを追った。

「どこへ行かれるのです」

「施薬院だ。陛下がお呼びだ」

「――！」

アマーリエは息を呑んだ。

――では、日記帳は開かれたのね。

エリクの秘密が、暴かれてしまったのだ。

＊＊＊

父とアマーリエが施薬院に到着すると、すぐさま薬師が奥の建物の一室へと案内した。

そこは調合部屋と呼ばれているらしく、入った瞬間、様々な種類の薬草が入り混じった匂いがした。奥の壁一面に備え付けられた棚には、所狭しと瓶詰めにされた薬草が並べられている。

片隅には簡素なテーブルと椅子が置かれてあり、王とジーモンがそこに座っていた。

テーブルには、閉じられた日記帳と、あの小瓶が置かれてある。

「来たか」

王はそう言って手招きをした。心なしか表情が強張っている。

「……開いたのですか」

父が問えば、王は無言で頷いた。

王が金属でできた小瓶の蓋を外し、側面の炎のような形の装飾を、日記帳の鍵の部分に嵌め込み、くるりと回旋させた。

カチリ、とごく小さな音が、閉じられた部屋に響いた。

アマーリエはごくりと唾を飲んだ。

鍵が外れる。

王の指が金属を外し、硬い表紙を開いた。

ガサリ、と古い紙が擦れる音がして、ページが捲られた。

「これはまた……古代語？　なにやら禍々《まがまが》しい匂いがしますな」

父が眉根を寄せて呟いた。

そこに並んでいたのは、この国の古い象形文字だった。現在はこの象形文字を簡略化した文字を使っており、この文字を使うのは神殿の経典や古文書くらいだ。

「専門家がいないと解読は難しいのでは？」

父が尋ねれば、王がジーモンを見遣った。ジーモンはそれを受け、深重に頷く。

「僭越ながら私が。古い薬草学や医学の書物は、古代語で書かれたものも珍しくありませんので」

「おお、なるほど。……では、既にもう中を検《あらた》められたのですな？」

父の核心を突く問いに、王が重い溜め息を吐いて頷いた。

「反吐《へど》が出るような内容だ」

苦いものを噛んだような顔で王が吐き捨てた。

アマーリエは背に汗が伝うのを感じた。エリクが命を懸けてひた隠しにしてきた秘密。それが軽い内容であるはずがない。王のこの反応が、エリクにとってどう転ぶかまだ見当もつかない。

――でも、護ってみせる。

王がエリクを殺すというならば、この場で刺し違えてでも、王を殺そう。

懐に仕込んだ懐剣の位置を感覚で確かめる。

アマーリエの緊張は、ありがたいことに日記帳の内容へのものだと思ってくれたのか、父も王も違和感を抱いていないようだ。重苦しい雰囲気の中、ジーモンが説明を始めた。

「これは『血の壁』に関する書になります」

「――『血の壁』！」

アマーリエは声を上げた。それはエリクが王を殺そうとした時に言った言葉だ。

『この国は血の壁を失った』

エリクは王にそう宣言し、その首に手をかけたという。

父もその件は聞いていたのだろう。眉間の皺を更に深くして腕を組んだ。

ジーモンが日記帳を手に取り、その最初のページに目を落とす。

「美しく輝かしきエルトリア。

神に愛されしエルトリアに、一対の翼あり。

一つは神の恩寵を受け統治の威光を授けられし『王』。

二つは神の意を受け守護の力を授けられし『神壁』。

双翼は神の御意と共にあり。」

抑揚をつけて謳うように訳されたその内容に、アマーリエは王と父を見た。

『王』と『神壁』。この書物は、まさに現在この二人のことを言っているのだ。

二人に気を取られていたアマーリエは、次のジーモンの言葉に仰天する。

「神は『神壁』に護国の力、『血の壁』を授けたまう。『血の壁』は『神の鉄槌』となりたちまち敵を駆逐するであろう」

「――『神の鉄槌』ですって!?」

それはあの六年前、アマーリエを始めとする領民の多くが罹患した原因不明の病だ。

――その病が、『神壁』に授けられたもの!?

父を見れば、同じく驚愕に目を見開いている。王は父娘の反応にますます渋面を作った。

「ニュンベルグで流行る病だそうだな。他のどこでも聞いたことのない地域性のある病。そしてそれは必ず、敵国がニュンベルグに攻めて来た時に、敵国の兵士の間で流行る」

「――毒……」

父が呟いた単語に、王が「ご明察」と応じた。

　気だるげに組んでいた脚を解き、すっくと立ち上がった王は、ジーモンの手にしていた日記帳をひょいと奪う。面倒臭そうにページをペラペラと捲りながら、狭い部屋を歩き回った。

「病だと思われていた『神の鉄槌』は、ニュンベルグ辺境伯が握っていた『血の壁』と呼ばれる水溶性の毒だったわけだ。この『血の壁』を国境付近に流れる川に流せば、そこに駐屯する敵兵はあっという間に壊滅という仕組み。なるほど、国を害する敵への『鉄槌』に他ならない。護国の神壁は『血の壁』によって存在しえたのだ！」

　王の説明に、父が訝しんだ。

「しかし、それほど広範囲に有効な毒であるならば、立派に国益であるでしょう」

　確かに、とアマーリエは思う。毒攻めは兵法にある戦法の一つだ。

だが川に流して敵を壊滅させるほど強力な毒は、これまで存在しないと思われていた。毒攻めが有効なのは籠城した少数の敵など、狭い範囲の場合のみと言われていた。

　川の水などという無限にも量のあるものの中に投入されてなお、効力を発揮する猛毒であるというならば、それは確かに国を護る力と言えるだろう。

　だが王は渋面を崩さなかった。それどころか、怒りすら孕んだ眼でこちらに視線を向け、叫んだ。

「そうとも、国益だろう！　だから我が王家はそれを歓び受け入れて来たのだ！　それがたとえ、非道の上に作られた毒であってもな‼」

そのあまりの剣幕に、父もアマーリエも固唾を呑んだ。

いつだって飄々とした王しか見てこなかったので、こんなふうに感情を剝き出しにする姿に、アマーリエは度肝を抜かれた。

一息に叫んだせいか、それとも激昂のせいか、王は息を切らして日記帳を投げ捨てた。

バサリ、と書物が頼りない音を立てて床に転がった。

「非道とは？　陛下」

押し殺した声で父が言った。

『非道』――その言葉には嫌な思い出がよみがえる。

アマーリエは奥歯を嚙み締めてその醜悪な記憶を引き摺り出した。

あのおぞましい村人が、エリクに対して行っていた『非道』。人の子を『忌子』と呼び、獣同然に檻に繫ぎ、飼っていた。虐待されていたことが明らかな傷痕が、エリクの身体中に付いていた。

父の質問に、王は唸るように答えた。

「……『血の壁』は、人の血を使って作られる毒だ」

「人の、血？」

「そうだ。それも、特殊な人間の血――猫のような瞳を持つ『忌子』と呼ばれる人間の血を使って作る」

ザッと血の気が引くのが分かった。ようやく『忌子』の意味が分かった。

エリクがなぜあそこで飼われていたのか。

——エリクはあの村で、毒を作る材料として、『飼育』されていたのだ！

父も同じことを考えていたのだろう。険しい表情で黙り込んだ。

その沈黙を破るように、ジーモンが補うように説明を始める。

「この毒は、『神の花』と呼ばれる植物の根を、『忌子』と呼ばれる瞳孔の細い人間に食べさせた後、その血を使って作られると書かれています。私が陛下より調べろと言われたこの小瓶の中の種が恐らくそれでしょう。この『神の花』は、デルーマという植物で間違いないでしょう」

ジーモンの発言に、父が小首を傾げた。

「確かに、あの村で隠されるように白い花畑が作られていた。私の側近も、その花畑を見てデルーマだと言っていた。だが、デルーマとはその辺に生えている雑草だろう？　毒性など聞いたことがない」

父の質問に、ジーモンが嬉しそうに笑った。

「ええ、そのとおりです、閣下。デルーマの根を通常の人間が食したところで何も生じません。しかし、どうやら『忌子』が食すと違うようです。私の推測ですが、『忌子』にはデルーマを有毒化する特殊な肝の臓が備わっているのではないかと」

「肝の臓？」

医学的な内容になってきて父が興味深げに問いかけた。ジーモンはそれにコクリと頷く。

「はい。食べたものの養分は一度肝の臓を通過してから全身への血の道に流れます。デルーマを『忌子』に食わせその肝の臓を通すと、なぜかその者の血は猛毒に変わるのです。どういった理屈になっているのかは現段階では分かりかねますが、非常に興味深い」

アマーリエはあの花畑を思い出していた。

エリクが飼われていた建物の傍で栽培されていた、白い花。あれはデルーマだったのか。そしてあれがエリクの――毒を生みだすための『餌』だったのだ。

「『忌子』は、クレ・エ・ジーアと呼ばれる村でしか生まれません。その村は村外婚を赦さず、近親婚を繰り返していました。恐らくその結果、子種が変異したのだと思われます。その村でもごく稀《まれ》にしか生まれなかったため、居て一人、二人だったようです。村人はその人間を『忌子』とし、獣と扱うことで、その者を殺す罪悪感を払拭していたのでしょう」

淡々と告げられる衝撃の事実に、アマーリエは喘ぐように言った。

「殺すって……」

「『忌子』の数は少なく、生きたままでは血は多く採れない。命を奪わない程度に血を採り、生かされていたようですが、次の忌子の誕生と共に、先の忌子の血をすべて抜き取る仕組みになっていたようです」

吐き気がした。怒りで四肢が震える。ではあの時アマーリエが見つけなければ、エリクは家畜のように首を落とされ、血を抜かれ殺される運命だったというわけか。

この時ほど、あの村が焼けて全滅したことを歓んだことはない。

なんという非道か。己の子を。同胞を。同じ人間を！

「この村民はニュンベルグ辺境伯と王家によって、神の力を作る民という選民思想を刷り込まれていたようです。毒を生産することが神から授けられた尊い使命だと、アウスレイン家の代々の当主によって、毎年儀式染みた宣誓式まで行っていたと書かれています。ニュンベルグ辺境伯によってこの『血の壁』の生産地は公には秘されていたようです」

選民思想と聞き、アマーリエは苦々しく思いながらも腑に落ちた。

あの村人の根拠のない高慢《こうまん》さ。それはそこから来ていたのだ。

ジーモンの説明に、王がせせら笑った。

「ニュンベルグ辺境伯だけではない！　我が王家もこの非道を知っていながら、隠蔽《いんぺい》し続けた！　これほど醜悪な非道を『神の御意』だとのたまってな!!」

やり場のない怒りに、王がテーブルを殴った。

ドン、と鈍く大きな音が響き、その大きな身を屈めて王が肩を戦慄かせる。

王は今、自らの血が背負った罪の深さに慄いている。支配者として護るべき民の命を犠牲にして成り立っていた、護国の力。その穢れた権力の上に座っている己を、そして何も知らなかった己を責めているのだろう。

「ヨアヒム・アウスレインは、この非道を改めるために、我が父たちを討ったのだろうか
……？」

顔を伏せたまま、王が言った。血を吐くような呻き声だった。

建国より二柱としてこの国を支えてきた『王家』と『アウスレイン家』。その絆を断ち切ったヨアヒム・アウスレインは、この罪悪の根を絶とうとしたのでは、と考えるのは自然のことだろう。

だがその推測には父がきっぱりと首を振った。

「いいえ。その可能性はありません。なぜならヨアヒムは、『血の壁』の生産を止めていなかった。私がニュンベルグを継いだ時も、あの村は『血の壁』を作り続けていた。エリクが、その証人です」

「――『王殺し』……いや、エリクか……！」

王が苦悩に瞼をきつく閉じた。

「あの者は……この国の忌まわしき『血の壁』の歴史を終わらせるために、私を殺しに来たのだな……！」

声を詰まらせる王を見てアマーリエは唇を嚙んだ。

そうだ。そのとおりだ。エリクはすべてを終わらせるために、村を焼き、王を殺そうとした。

『血の壁』の存在を知るすべてをこの世から消し去るために。

父を殺そうとしなかったのは、父がエリクを保護していたことから、『血の壁』の存在を知らないと考えたのかもしれない。もし父が知っていれば、エリクをアマーリエから引き剝がしていただろうから。

王家とニュンベルグ辺境伯によって担われていた『血の壁』は、王がそれを続けると言ってしまえば、次代のニュンベルグ辺境伯であるアマーリエが、その罪を背負うことになる。

エリクを愛するアマーリエにそれができるはずがない。

アマーリエは失墜《しっつい》するだろう。下手をすれば極刑だ。

エリクはそれを防ぐために、『土殺し』となったのだ。

――私を、護るために。

アマーリエは声もなく泣いた。ポロポロと涙が零れたが、それを拭うのも忘れていた。

『得体のしれない獣』と、昔エリクが自分をそう称したことがあった。

エリクはきっと、あの小瓶を見つけ出した頃から、『忌子』としての自分の存在を疑問に思っていたのだろう。

なぜ自分はあそこで飼われていたのか。

なぜあんな扱いを受けなくてはならなかったのか。

そう疑問に思わない被害者がいるはずがない。

どうやってか、エリクは『忌子』が何であるかを知ったのだろう。もしかしたら、アマーリエには内緒で、この日記帳を一人読んだのかもしれない。

それでもそれだけではエリクはアマーリエのもとを去ろうとはしなかったのではないか。

――エリクが去ったのは、私が『神の鉄槌』に罹ったから。

六年前、ニュンベルグ全土で『神の鉄槌』は蔓延《まんえん》した。十中八九、あの村人がユーリア湖に撒いたのだろう。あの直前に、アマーリエはエリクに言い寄るあの村の娘を折檻したことがあった。その腹いせだったのかもしれない。選民思想を持つ高慢な村人が、小娘にいいようにされ大人しくしているはずがない。

だが、エリクが持ってきた薬で、アマーリエは一命を取り留めた。

だがその薬はどこから手に入れたのか？

――あの村だ。エリクはあの村へ行き、その解毒薬を手に入れた。

恐らく、その見返りはエリク自身だったのだろう。エリクは躊躇しなかったに違いない。

アマーリエの命と引き換えならば、きっと神をも裏切るだろう。

アマーリエも同じだ。エリクの命のためなら、悪魔に魂だって売る。

そしてエリクは、自分の血を採り喜々として『血の壁』を作る村人たちを殺し、村を焼き、その足で王都へ発った。

王を殺し、すべての痕跡を消すために。

――ああ、エリク……！

すべては、アマーリエのためだった。

エリクが命を懸けて護ろうとしていたのは、アマーリエだったのだ。

咽び泣くアマーリエの背を、父の大きな手がそっと撫でた。

その背後で、王が呟いた。

「なる予定ではなかった者同士が、奇しくもこの国の双翼と呼ばれる『王』と『神壁』となり、罪は隠蔽されるはずだったのに……。我々のしたことは、無意味なことだったのか……？」

その弱々しい声に、父が憤怒の形相で振り返り、叱咤した。

「何を情けないことを、陛下！　無意味なはずがありません。我々がなすべきことは、過去の過ちを決して繰り返さないよう万全を期すことです！　教育、法律、軍事、政治、すべてにおいて、この教訓の上で成すべきことは山のようにある！　過去を嘆くだけなら阿呆にでもできます！　あまり私を失望させないでいただきたい！」

その声に王が目を見開き、それからくしゃりと顔を歪めて哄笑した。

「……そうだ。そのとおりだ、ギルベルト！　まずはエリクの処遇の改善からだ！　おい、表に行って、私の御者を呼べ。工宮に使いだ。エリクを呼ぶぞ」

王があっという間にいつもの調子を取り戻し、ジーモンにそう命じた時、部屋の扉がノックされた。

中で行われる話し合いの内容が内容なだけに、恐らく厳重に人払いがされていたのだろうに、ノックがなされたことに王が眉根を寄せた。

「誰だ」

厳しく誰何《すいか》の声を上げた王に、扉の外から切羽詰まった声が聞こえた。

「恐れながら申し上げます、陛下！　ブロン男爵のお姿が見当たりません！　男爵につけられていた『目』が昏倒し倒れておりました！」

部屋にいた全員が息を呑んだ。

『目』とは王族お抱えの諜報部隊だ。王がエリクを見張るためにつけていたのだろう。

アマーリエは目を閉じた。

エリクは昨夜、アマーリエのところに忍んで来た。

アマーリエはエリクが逃げると分かっていた。エリクがひた隠しにしていた秘密を、暴かれてしまうと分かっていたから。

——でも、その秘密は……。

エリクがこの世で唯一の『血の壁』そのものだったということ。

——エリクがいなくなれば、『血の壁』は作れない……！

だからエリクは昨夜、アマーリエを抱いたのだ。

——最後だと決めていたから……！

「急げ！　アマーリエ！」

大声で怒鳴られ、アマーリエはバチリと目を開いた。

数歩先で、王の黒い眼差しがこちらを射貫いていた。

これほどまっすぐに、真摯に、この王から見られたことがあっただろうか。

「行け！　お前ならあいつの行きそうな場所は分かるだろう!?　エリクは、血の壁の悲劇を終わらせるために、死のうとしている！」

その言葉が終わらない内に、アマーリエは駆け出していた。

――エリク！

「絶対に、逃がさない……！」

私を置いて、死なせたりなどしない！

＊＊＊

アマーリエは迷わず馬を東へと走らせた。

エリクはニュンベルグへ向かったはずだ。アマーリエとの思い出の土地。何もかもが輝いていたあの場所へ。そしてすべてを終わらせようとするに違いない。

ニュンベルグの領地に入ったのは、既に夜が迫った頃だった。

それでも普通ならば馬で一日半はかかる道程だ。アマーリエの愛馬は駿馬だったが、さすがに半日走らせると途中でへばってしまったため、やむなく貸し馬もしている宿屋で馬を変え、全速力で駆けた。その甲斐あり当日中に領地入りできた。

アマーリエはニュンベルグ邸には目もくれず、更に馬を駆る。

早く行かなければ。辺りは薄闇を纏い始めている。早くしなければ闇夜になり、人の目ではエリクを見つけることができなくなってしまうかもしれない。

――あの村へ。

エリクと出会った、始まりの場所へ。

「――急いで！」

懸命に疾走《しっそう》する馬に、なおもアマーリエは声をかける。その声は涙に濡れていた。

クレ・エ・ジーアの跡地は、ほとんど何も残っていなかった。

全焼させたというあの六年前の火は、村の建物をほぼ炭にするほどの勢いだったらしい。

点々と建物だと思われる焼け跡があるだけで、雑草などの生い茂る平地が広がっている。

周囲の森も火の被害を受けたはずだったが、六年の歳月により再生したのか、木々が鬱蒼《うっそう》と葉を揺らしていた。

アマーリエは馬を下り、周囲を見回して、あの場所を見当づける。

エリクが繋がれていたあの石造りの建物だ。

――石造りだったから、焼け残っているはず。

そこへと続いていた隠された獣道は、もうなくなっているだろう。だがどこに何があるか何となくでも分かれば、その方向が分かるだろう。

――早く、早く……！

エリクが死んでしまうかもしれない、そう思うだけで胸が張り裂けそうだ。逸る心でもつれそうになる足を懸命に動かした。キョロキョロと周囲を眺めまわしても、あの建物へと導いてくれる目印など見当たらない。

焦るあまり湧いてくる涙を振り払った時、不意にアマーリエの肌が総毛立った。

——エリク！

呼んでいる。エリクが、呼んでいる。

エリクの呼ぶ声が聞こえた。それは鼓膜を打つ音ではない。アマーリエの肌に、心臓に、血に直接響くものだった。

アマーリエはその感覚に引き寄せられるようにして、歩を進める。

足は薄墨の闇の中をよどみなく歩んでいく。

——エリク。

アマーリエは目を閉じた。視界を遮っても何も怖くなかった。

エリクがつがいを呼んでいる。私を。

この先に、エリクがいる。

木々の中を縫《ぬ》うように歩いた。獣道はやはりなくなっていたようで、その建物の残骸は、森の中に唐突に現れた。

夕闇の中でも分かるほど黒焦げになっていたが、やはり石造りのため焼け落ちはしなかったようだ。けれど六年の歳月が壁やら柱やらを腐食したらしく、廃墟と成り果てている。

その廃墟の前に佇む長身の姿があった。

いつの間にか夜の帳がすっかり下りていた。

森の木々の間を縫って降り注ぐ月光に、長い髪がほの白く浮かび上がっている。

「エリク」

アマーリエが名を呼べば、エリクはゆっくりと振り返った。

「……アマーリエ」

こちらを向いたエリクは、微笑んでいた。酷く優しい笑みだった。

「来たね」

「あなたが呼んだんじゃない」

アマーリエが答えれば、エリクは無言で頷いた。アマーリエはそれを見て、先ほど自分の五感が引き寄せられたのは、やはりエリクが呼んだからだと確信した。

「私たちは、最初から惹き合っていたね」

まったく同じことを考えていたアマーリエは、おかしくなって口許を緩めた。

「だって、つがいだもの」

「つがい?」

アマーリエの言葉に、エリクが少し目を丸くして、やがて笑った。

「――ああ、そうかもしれない。生涯で唯一の伴侶を持つと言われる狼のように、私たちは最初から、互いに唯一無二だった」

アマーリエはただ頷いた。何を言えばいいか、どうすればエリクを留められるのか分からなかった。つがいだと言いながら、エリクはアマーリエを置いて逝く気だと、その何もかも悟ったような表情で分かってしまったから。

——それは、あの時の顔と同じ。

ここで出会ったあの時、名を訊いたアマーリエに、エリクが見せた表情と。

「ここであなたに拾われたんだ」

エリクが呟いた。その眼は茫洋と建物を見ていた。エリクにとって憎しみの象徴とも言えるその廃墟を、彼は静かに眺めるばかりだ。そのことに無性に焦りを覚えながら、アマーリエは相槌を打つ。

「……そうよ、私があなたを拾った」

力強く言ったアマーリエに、エリクは笑みを浮かべてその琥珀の双眸を閉じた。

「生まれてから私の世界は、ずっと曖昧だった。物心ついた時には、鎖で繋がれ、餌のような食べ物を与えられ、血を採られた。血を採られた後は、いつも最悪だ。頭はぐらぐらし吐き気はするし、立つこともできず、ひたすら楽になるのを待った。あいつらは殺す一歩手前をよく知っていて、私はいつもギリギリで生かされた」

静かに語られるエリクの壮絶な過去に、アマーリエは奥歯を噛み締めた。自分の半身がそんな目に遭わされていたのだと思うと、今でも真っ赤な怒りが込み上げる。

同時に、それをこんなにも淡々と言葉にするエリクを抱き締めたかった。

留めたかった。繋ぎ止めたかった。けれどその術を知らず、アマーリエはただひたすらエリクの言葉を聞いているしかできなかった。

アマーリエの内心の葛藤は手に取るように分かっているのだろう。

それでもエリクは話し続けた。

「でも我慢した。それしか知らなかったから。それが当たり前だと思っていた。当たり前の、灰色の世界だった。でもそれが、突然光を浴びたように色づいたんだ。あなたが私を見つけてくれたから」

エリクが瞼を開き、こちらを見て微笑んだ。幼かった頃、アマーリエの姿を見つけると、無表情が解かれるように笑みに変わった、あの頃と同じ笑顔だった。

「金色の太陽みたいな、あなたが。あなたは、私にすべてを与えてくれた。言葉も、餌ではない食べ物も、暖かい服も、寝床も、温もりも、文字も、知識も——愛も。だから、あなたのために生きようと思った」

堪らず、アマーリエはエリクに縋りついた。エリクの成してきたことが、すべて自分のためだったと分かった今、何をどう言えばいいのだろう？

だってアマーリエも同じだ。エリクのためなら、なんだってする。人を殺すことも、己が死ぬことも。きっとエリクの立場なら、同じことをするだろう。

胸に縋りつき慄くアマーリエを、エリクがそっと抱き締めた。そして宥めるようにその背を撫でる。大きな手だった。

「あの隠し部屋で日記を読み、私はあの村が何を作っていたか、何をしていたのかを理解した。自分が何をするためにあそこで飼われていたかも。この猫のような瞳の子供はね、滅多に生まれない。だから、少しでも確率を上げるために、その血族を掛け合わせて作るんだ。村人は私を奪われ、なかなか次の忌子を得られず焦っていた。だから私が子種を作れるようになったら、毎日のように村の忌子の血族の女と交わるように催促するようになった」

アマーリエはハッとして顔を上げた。では六年前、アマーリエが折檻し追い払った村の女は、そのために来ていたのだ。

「当たり前だが、私は断り続けていたし、接触されないように邸に籠もるようになった。それを辺境伯に告げようと思ったこともあった。彼ならこの忌まわしい『血の壁』を封印してくれるだろうと。けれどその矢先に村人が『血の壁』をユーリア湖に撒いてしまった。毒が蔓延し、あなたまで罹患して……私はもうダメだと思った。あなたを助けるために解毒薬を取りに行き、私の身を提供しろという村人の交換条件を吞んだ。すべてを終わらせようと決めて」

アマーリエはこちらを見下ろすエリクの整った顔を見つめた。銀の月光の中、エリクはさながら神の御遣いそのものだった。美しいエリク。人離れしたこの美の中に、どれほどの哀しみと苦難を詰め込んできたのだろう。それを誰よりも理解していなければいけなかったのに。置いていかれたと嘆くばかりだった己を張り倒したい。半身だと、つがいだと言いながら、エリクを一人で放り出してしまっていたのは、アマーリエの方だったのだ。

アマーリエはエリクの白い頬に手を伸ばして触れた。温かかった。

「それで、村を焼いたのね……。『血の壁』のすべてを消すために」

「ああ。『血の壁』を知っている人間は、すべて殺さなくてはならない。だから王のところへも行った。殺すつもりだったけれど、王は何も知らなかった。それから、王が『血の壁』の存在を知ってしまわないよう監視した。王は私から『王としての知識』を得ようと私を傍に置いたから、監視していたのはお互い様だったみたいだが」

ふっ、と苦笑を零すエリクに、アマーリエは尋ねた。

「陛下を……殺そうとは思わなかったの？」

王を殺せば、すべてが終わる。側近にされ、あれほど近く王の傍にいたのだ。エリクならば、殺す機会は山のようにあったはずだ。

アマーリエの問いに、エリクは無言で首を振った。

「知らない人間を……罪のない人間を殺したら、私も村人と同じになる……」

そこまで言って、エリクはアマーリエを見つめた。

食い入るように、縋りつくように。

その眼差しの強さに、アマーリエは息を呑んだ。するとエリクは眼差しを緩め、微笑んだ。泣きそうな笑顔だった。

「いや……そんなのは、口実だな。私は、王に殺されたくなかったんだ」

「王に……？」

「そう。私を殺すのは……。あの日記帳を隠し部屋に残したままにしたのは、なぜか分かるかい？」

エリクが小首を傾げて尋ねた問いに、アマーリエは初めてある事実に思い至った。

あの日記帳をニュンベルグ邸の隠し部屋に置いたままにしてしまえば、父の手から王へと渡る可能性がある。父が『血の壁』の秘密を知りそれを悪用する人間ではないと踏んでいたにしても、容易《たやす》く日記帳を持ち出すことのできたエリクが、そんな迂闊《うかつ》なことをするだろうか？

——だけど、エリクはあの日記帳の鍵を、私に託した。

『誰にも渡してはいけないよ』と、そう言い置いて。

アマーリエが約束を破り、あの小瓶を誰かに渡してしまわなければ、日記帳は開かれることはなかった。『血の壁』の秘密は、永遠に閉じられたままだったのだ。

血の気が一気に引いていった。喘ぐように息を吸う。

「——ごめんなさい……！　私が、約束を破ったから……!!」

エリクが死ぬことになってしまったのは、自分が軽率だったせいだ。エリクを取り戻したい一心で、エリクを追い詰めていた。

エリクはアマーリエを信じて、あの小瓶を託したのに。

自分の犯した罪の深さに震えながら謝れば、エリクが首を横に振った。

「違う。私はその危険性を承知した上で、わざとあの日記帳を置いて行ったんだ。なぜか分かるかい？」

自分を見つめる透き通った瞳の中に、自分の姿を見つける。子供のように顔をくしゃくしゃにして泣いている。酷い顔だ。

再びの問いにアマーリエは泣きながら首を振った。エリクは優しく、美しく微笑んだ。

「君に殺されるためだ」

アマーリエは頭が真っ白になった。

――エリクは、今、何を。

固まるアマーリエに、エリクは、赦して、と小さく謝り、髪を撫でる。

「死ぬなら、間接的にでも、君に殺されたかった。私は君のために生きたかった。死ぬ理由も、息の根を止められるのも、君であってほしかったんだ」

申し訳なさそうに、けれど満足気に、エリクが言った。

これまでで、一番きれいな笑みだった。――傲慢なほどに。

「エリク……！　エリク、エリク！」

アマーリエは無我夢中で両手を伸ばし、エリクの両頬を摑んだ。

微笑むエリクが、また静かな諦観に足を踏み入れたのが分かった。

「エリク、エリク、聞いて」

――何か、何か、言葉を！　エリクを引き留める言葉を！

このままではエリクが死を選ぶ。それが刻一刻と迫り来るようで、アマーリエは必死で言葉を探す。それなのに、エリクは静かな微笑のまま話を続けていく。

「アマーリエ、あなたに会えて、私は本当に幸せだった」

「やめて！　エリク、お願いよ、やめて！」

別れの言葉を紡ぐエリクに、アマーリエはがむしゃらに首を振る。

そんなアマーリエの髪を撫で、エリクが額に口づけた。エリクからもらうすべてを、アマーリエは拒むことなどできない。柔らかな口づけは、唇にも降りた。

この世で一等優しい、この上なく残酷なキスだった。

「私の最期を、あなたには見せないつもりだった」

唇を寄せてのその言葉に、アマーリエは息を止める。

「――でも、ねぇ、甘えていいかい？」

翡翠の双眸を見開き、呼吸を止めたまま凝視するアマーリエに、エリクがそっと囁いた。

「最期のお願いだ。私の息の根を、あなたが止めて」

アマーリエは号泣した。どうして、なぜ、そんな子供のような言葉ばかりが頭の中を駆け巡る。

――ああ、私たちは、どうしようもなく、魂の半身だ！

こんなに哀しく、悔しいのに、エリクの気持ちが痛いほどに分かるのだから。

アマーリエがエリクでも、同じ選択をした。エリクのために、自分と言う毒の存在は消えるべきだと、エリクに自分を殺してほしいと、微笑みながら迫っただろう。

涙を滂沱と流し、叫び泣きながら、アマーリエはエリクの首に手をかける。エリクの首は太かった。アマーリエの両手で、ようやく摑めるほど。

エリクが蕩けるような表情で微笑んだ。

それからアマーリエの腰を抱き、そのまま地面の上に膝をつく。

こちらを幸せそうにうっとりと眺めているエリクが愛しくて憎らしくて、アマーリエは嚙みつくようにキスをする。喉の奥でエリクが笑った。抱き締めるエリクの腕が強まり、膝立ちでいた体勢の均衡が崩れ、もつれるように叢に倒れ込んだ。

何度も何度も、貪るように口づけ合った。

この感触も、この体温も、この味も、全部全部、私のものだ！

アマーリエの全身がそう叫ぶ。

「アマーリエ……」

エリクが恍惚と名を呼んだ。

いつの間にか、アマーリエはエリクの上に馬乗りになっていた。その白い首にかけた自分の両手を、アマーリエは無感動に眺め下ろす。

「赦して、アマーリエ」

エリクのその台詞に、アマーリエはカッとなった。あの忌々しい村人たちにすら感じたことのない、火のような怒りだった。

——赦して、ですって!?

その怒りのままに、首を摑む手に体重をかけた。自分の両手が、エリクの首を絞め上げているのが分かる。手の中のエリクは熱く、生きていた。

——そう、生きているのよ！

エリクも、自分も！　生きているのだ！　それなのに、なぜ死ななければならない!?

赦して、だなんて。エリクをこの手で殺した私が、この先どれほどの苦しみの中を生きていかなければならないか。それを理解しているくせに！

エリクの微笑みが苦しげに歪んだ。それでもこの上なく幸せそうに目を閉じたエリクに、アマーリエは笑った。

「絶対に、赦さないわ、エリク」

そう吐き捨てるなり、アマーリエは首を絞めていた手を離した。

いくら心が死を望んでも、身体は生を望むようでエリクの喉がゼッと鳴って、呼吸が再開される。

「……ッ、アマー、リエ、どうして……！」

首を片手で押さえ、苦悶の滲む掠れ声でエリクが問う。アマーリエはその頬を力いっぱい平手で打った。パァン、と小気味よい音が響き、エリクの顔が真横に振れた。

「一人で逃げようなんて、赦さないわよ、エリク」

冷たくさえ聞こえる声色でそう言えば、エリクが眉を顰めた。

「アマーリエ、だめだ。私はたくさんの人を殺した。村人は全員殺したよ。辺境伯だって、もし『血の壁』のことを知っていたら殺すつもりだった。ねぇ、私はもう『血の壁』そのものだ。私は葬られるべきなんだ。私がいなければ、悲劇は二度と繰り返されない。そうだろう？」

エリクの苦悶の声に、けれどアマーリエは冷笑を返す。

「『血の壁』？　悲劇？　そんなもの、どうだっていいわ」

アマーリエの棄却《ききゃく》に、エリクが絶句した。

どうでもいい、は言い過ぎだろうか。でも、アマーリエにとっては真実だ。『血の壁』も悲劇も関係ない。たとえエリクが王を殺していたとしても――いや、神を殺していたとして、アマーリエにとってエリクはエリクでしかない。

「私が欲しいのは、あなたよ、エリク。そのままのあなた。誰を殺していたっていい。あなたが殺さなければ、私が殺すわ。あなたを害するものすべて、私が殺してやる」

アマーリエはエリクの呆けた顔にどうしようもなく苛立った。

どうして分からないのか。こんなに簡単なことなのに。

「あなたがいなければ、この世界に意味なんかない。あなたを殺したこの世界のすべてを壊し尽くして、私も死ぬわ。そうでしょう？　なぜあなたが死ななくてはならないの？　あなたが毒であるというならば、それを知っているすべての人間を殺してしまえば、あなたはもう死ななくていいはずよ。あなたを失うくらいなら、私はこの世界を壊すわ。まずは王を殺しましょう。あの薬師も殺して、そして……お父様も」

「アマーリエ！」

アマーリエの語る危うい言葉の数々に、息を呑むようにしてエリクが叫んだ。それがますますアマーリエを苛立たせる。

「つがいと言ったでしょう！　私たちは、お互いに唯一無二だと！　それならどうしてあなたにこれが分からないの⁉　唯一無二を失って、あなただったらこの先を生きていける⁉」

アマーリエの叫びに、エリクが目を見開いて凍りついた。思いもよらない指摘だったに違いない。その表情を見て、アマーリエは哀しく笑った。

本当に、分かっていなかったのだ、エリクは。

つがいだと言いながら、自分がアマーリエと対等の存在だと思っていない。アマーリエの想いと自分のそれが、同じ重さだと思っていないのだ。

それはきっと、エリクの中にある、根本的な劣等感によるのだろう。

あの村で植えつけられた、自分が人以下の獣であるという、哀しい達観《たっかん》。幼かったアマーリエが無性に惹き付けられた、透明で無垢なあの琥珀の瞳の根底には、この絶望があったのだ。エリクを見つけたあの時から、アマーリエの心の中に生まれた焦燥と葛藤は、その絶望を塗り替えたいという切望だったのだ。

アマーリエはずっとエリクが欲しかった。

この絶望を取り除かなければ、エリクはアマーリエのところに戻ってはこない。

「逃げたいでしょう、この世界から。あなたにとって、この世界は最初から敵だった。傷つけられ搾取されるだけ。苦しみしかないのに、逃げることすら赦されなかった。毒として存在させられた事実なんて、逃げたいわよね。自分の存在ごと、全部消したくなる。分かるわ。もし私があなただったらそう思う。だから」

そこまで言って、アマーリエは懐にそっと手を入れた。シャツの中に隠し持っていたのは、懐剣——王を殺すために忍ばせていたものだ。そう、最初からアマーリエにとって、エリクがすべてだった。エリクを護るためなら、手に入れるためなら、何だってする。誰だって殺してやる。それは、エリクの秘密を知る前も、知った後も、変わらない。何も、変わらない。

アマーリエは握った懐剣をエリクの前に差し出した。

小さな懐剣であるが実用性を重視したもので、鋭い切っ先が月光を反射して青く閃いた。エリクは魅入られたようにその光景を見ていた。凍りついたままのその顔を見つめながら、アマーリエは微笑んだ。

「私を置いて死ぬというなら、私を殺してから逝って」

エリクは答えなかった。驚愕の双眸のまま、ゆる、と首を左右に振る。

けれど、アマーリエはその否定を微笑で一蹴した。

「いいえ。あなたを失って、正気を保てるほど私は強くない」

だらりと下げられたエリクの手を取り、懐剣を握らせた。だがエリクの手はまったく力が入っておらず握ろうとしなかったため、仕方なしにエリクの手の上から自分の手を重ね、握った。

二人の手で握った懐剣の刃を、自分の喉元にひたりと当てる。

それなのに、ひく、と鳴ったのはエリクの喉の方だった。

「やめろ、アマーリエ」

呻くように制止したエリクの声は、掠れ切っていた。

アマーリエは笑った。

「私はきっと狂う。王だろうが自分の父だろうが、平気で殺すような、毒になるわ。あなたの『血の壁』がなくても、私は毒になる。でも、全然不思議じゃないわ。だって私たちはつがいだもの。あなたが自分を毒だと言うなら、私だって毒になるわ。それくらい同じなのよ、私たち。ねぇ、だから、私が狂う前に……毒になる前に、殺して」

言いながら懐剣を押し当てる手に力を込めれば、首筋にチリッとした鋭い熱さが走った。

皮膚が切れたと分かったが、恐怖はまったくなかった。

エリクを絶望の淵から連れ戻すために言った言葉に嘘はない。

エリクが死ぬと言うならば、その前に殺してほしかった。

エリクに殺されるのであれば、死んでもいい。

死ぬなら、エリクに殺されたい。

それなのに、怯んだエリクが手に力を込め、懐剣を引き離そうとする。

「だめだ……！　いやだ、アマーリエ……！」

　エリクがこちらを凝視したまま首を振る。今にも泣き出しそうな顔だった。その透明な瞳が恐怖に濁っているのを見て、アマーリエは笑みを深くした。

「どうして？　あなただってさっき、私に同じことを望んだくせに」

　エリクが離そうとする手を握り込み、懐剣をしっかりと握らせる。

　――逃がさない。赦さない。

「離せ、アマーリエ！」

　アマーリエの質問には答えず、エリクが怯え切った悲鳴を上げる。手に力を込めないのは、アマーリエの首をこれ以上傷つけたくないからだろう。

「離さないわ。同じことを言ったあなたなら、分かるでしょう？　私の気持ちが」

「違う……！　私は……あなたは、私とは違う！」

「同じよ、エリク。私たちは、同じなの。離れては、生きていけない」

　静かな硬い声で畳み掛ければ、エリクが獣のように吼えた。その双眸は怒りに燃え、熱い雫を流していた。

「違う違う違う！　私は獣だ！『血の壁』だ！　毒だ！　忌むべき存在だ！　だから葬らなくてはならない！　闇だからだ！　でも、あなたは光だ！　あなただけが、私の色だった！　耀きだった！　温もりだった！　あなたは私のきれいなものすべてだ！　薄汚い、忌むべき私が、あなたの傍にいていいはずがないんだ！」

エリクの奥底にはびこる傷。その傷口は、未だどくどくと血を溢れ出させているのだ。

叫ぶエリクは、痛み苦しむ獣の姿そのものだった。激流のような咆哮に、アマーリエは圧倒されそうになり、だが奥歯を噛み締めて踏みとどまった。

「『血の壁』だとか、獣だとか、そんなもの、どうだっていいと言っているでしょう！　忌むべきとか、自分を貶すことを言うなって、昔から言ってるでしょう！　私はあなたを……エリクを愛しているの！　そのままのエリクを！　『血の壁』がなによ！　血だろうが汗だろうが壁だろうが穴だろうが、それがあなたなら、私はそれごと愛するわ！」

同じくらいの剣幕で捲し立てれば、エリクが怒りの形相のまま固まった。

アマーリエはその頬に片手を伸ばして触れた。涙に濡れている。けれど、温かい。

涙が零れた。

――生きている。

生きているのだ、私たちは。

「生きてよ、エリク。あなたこそ、私の光よ。色よ。耀きよ。……温もりよ。同じよ。私たち、つがいなの、同じくらい、愛しているの。必要なの。生きてよ……。私から、あなたを、奪わないで……！」

哀願に、手から力が抜ける。

二人の手で握られていた懐剣が、するりと滑り落ちた。

エリクの手が、脱力したアマーリエの手を摑んだ。子供が母親の手にしがみつくような仕草だった。

「……アマー、リエ……」

震えるその声に、アマーリエは無言で頷く。

「――私は、生きてもいいのだろうか」

振り絞るような声だった。

奥歯を噛み締めたまままこれまで出すに出せなかった心の声を、エリクは今初めて発している。

「――エリク！」

「……生きたい……！　私は、あなたと、生きたい……！」

酷く掠れたその声は、まるで慟哭《どうこく》のように聞こえた。

アマーリエはエリクに覆い被さるようにしがみついた。

止まったはずの涙がまた溢れ出していた。

「生きて！　生きてよ！　私の傍に、いてよ……！　愛してるの、もう、どこにも行かないで……！」

縋りつくアマーリエの細い身を、エリクの腕が力強く抱き返した。

互いの存在を確かめ合うようにして、何度もキスをする。離れていた分だけ、傷ついた分だけ、すべてをこれから取り戻せるのだと、互いに分かり合うために。

「愛している、アマーリエ……。私の半身、私のすべて……！」

貪る口づけの合間に刻みつけるように囁かれる言葉に、アマーリエは何度も頷いた。ようやく取り戻した半身の体温を、もう二度と手離さないと誓いながら。

もつれ合う一対のつがいの誓いを、銀の月が静かに見届けていた。

寄せ合う唇で、絡み合う舌で、触れ合う皮膚で——身体中の感覚のすべてで、互いを確かめた。

エリクの両手がアマーリエの身体のかたちをなぞるように弄る。

アマーリエもまた、エリクの骨格を、筋肉を、己の指と掌に馴染ませるように弄った。

けれど、はだけつつも未だ着たままである衣服が、エリクに直に触れることを拒む。邪魔だ、と思った瞬間、エリクが小さく舌打ちしたので、アマーリエは思わず笑った。

「邪魔ね」

「邪魔だ」

アマーリエの言葉に、エリクが唸るように返した。

それなのに、エリクの手はアマーリエの衣服の上からその胸を揉みしだく。

「だが今脱がそうとすれば……引き裂いてしまう」

そう苦り切ったように呟いて、エリクが再び唇に噛みついてくる。

急いたように侵入してくる舌を受け止めながら、アマーリエは微笑んだ。

それほど余裕がないのだと思うと、無性に嬉しかった。

アマーリエも同じだった。目の前にエリクがいると思うと、触れたいという衝動が抑えきれない。手を下へと撫で下ろし、既に硬くなった彼自身に触れようと手を伸ばせば、寸前でその手首を摑み上げられた。

「だめだ。今触れられると、爆発する」

エリクが歯を食いしばったまま唸る。

きつく寄せられた眉間。鋭い金の眼光の中の瞳孔は、興奮からだろう、陽の光もないのに、アマーリエの愛した獣のかたちをしていた。

──ああ、私の獣だ。

アマーリエは微笑んだ。

これは私の獣。私の半身。私たちは、つがいの獣だ。

「愛してるわ」

エリクがくしゃりと顔を歪めた。子供が泣き出す前の顔だ。痛くて苦しくてひもじくて、でもようやく欲しいものを差し出され、どうしていいか分からないでいる子供の顔。

「エリク」

辛そうで、かわいそうで、少しでも傍に行きたくて、アマーリエが両腕を開く。

抱き締めてあげたい。

それはエリクを見つけた時から、ずっとアマーリエが抱いてきた感情だった。

「アマーリエ……」

エリクが笑う。泣き出しそうな笑顔だった。

自分もまた同じ顔で笑っているのだろう。

ずっとエリクを捜していた。失ったと思いたくなかった。がむしゃらに抗って、ようやく取り戻した。

引き合うように抱き締め合い、そのまままた互いの身体を弄《まさぐ》り合う。

エリクがアマーリエのシャツをトラウザーズの中から引き出し、その裾を捲り上げるようにして素肌に侵入した。大きな手は肋骨を擦り上げ、柔らかな乳房を下から掬うように鷲摑みにする。既に尖った胸の先が、つんとシャツを押し上げて、その存在を主張した。

エリクはそれに躊躇いなく齧りついた。

「んっ……！」

布越しとはいえ、敏感な箇所に歯が当てられ、アマーリエは思わず声を上げた。

だがエリクはその声にも煽られたかのように、何度も歯を立て、乳首を擦り上げる。

「あ、んっ……ああっ」

痛みは甘い疼きに変わり、じくじくとアマーリエの血に快楽の雫を溶かしていく。

エリクはアマーリエの両の乳首を代わる代わる執拗に攻めた。噛みつき、食んで、舐めて、吸い上げる。まるで赤ん坊が母の乳を欲しがるようだと、アマーリエはおかしくなった。同時にどうしようもなく、エリクが愛おしかった。

乳房に貪りつくエリクの頭にキスを落とし、アマーリエはゆっくりと腰を揺らした。

胡坐を掻いたエリクの上に乗っているアマーリエの下腹部には、エリクの硬くなったものが当たっている。それを刺激するように動けば、エリクが喉の奥で唸った。

「だめだと言っているだろう……！」

「でも、私も早くあなたに触れたい」

焦れたようにそう訴えれば、エリクが眉を下げる。

だがすぐにきつく睨みつけられ、噛みつくように口づけられた。性急に入り込んで来る舌に目を瞠っていると、そのままぐるりと視界が廻った。

どさり、と柔らかな叢に押し倒され、トラウザーズのベルトを外される。

「私がどれだけ我慢しているか、分かっているのか？」

苛立たしげにそう言うと、エリクが両手で下着と一緒にトラウザーズを引き抜いた。

下半身が一気に外気に晒され、声を上げる間もなく両足首を掴まれ高く持ち上げられ、腰が浮いた。

「きゃあ！」

強い力で両脚を大きく開かれ、アマーリエは悲鳴を上げた。

エリクの目の前に、秘めた場所を無防備に曝け出す恰好にされている。

さすがに羞恥心に火が点き、もがこうと身動きしかけて、仰天した。

エリクがそこに頭を埋めて口をつけたからだ。

「やっ……！　エリク、汚……！」

「黙って」

獣が唸るように一蹴し、エリクはそこに舌を這わせる。

「ひ……」

ぬるり、と熱く濡れたものがアマーリエの割れ目をなぞる。エリクの舌は味わうように

そこを何度も行き来したが、やがて割り開くように陰唇を舐め上げた。

そこも存分に味わうと、次にその上に咲く粒をちろりと舌先で弾いた。

「はぁっ……！」

「あなたの蕾が膨らんで……充血して、生まれたての雛のように震えている。……かわい

らしいな、アマーリエ」

うっとりとそう言って、エリクがまたそれを弄り始める。

エリクの舌が蠢くたび、ぴちゃ、くちゅ、とはしたない水音が立つ。

それが恥ずかしくて仕方ないのに、アマーリエの身体はもたらされる快楽を歓んでぴく

ぴくと跳ねた。

やがてエリクの舌はそこを離れ、膣から溢れ出る蜜を啜り始める。

じゅる、じゅるり、と一際大きくなる卑猥な音に、アマーリエは堪らずイヤイヤと首を

振った。

「やぁ、エリク……！　や、め」

「どうして。こんなにも滴って……甘い……」

「甘い、わけ……」

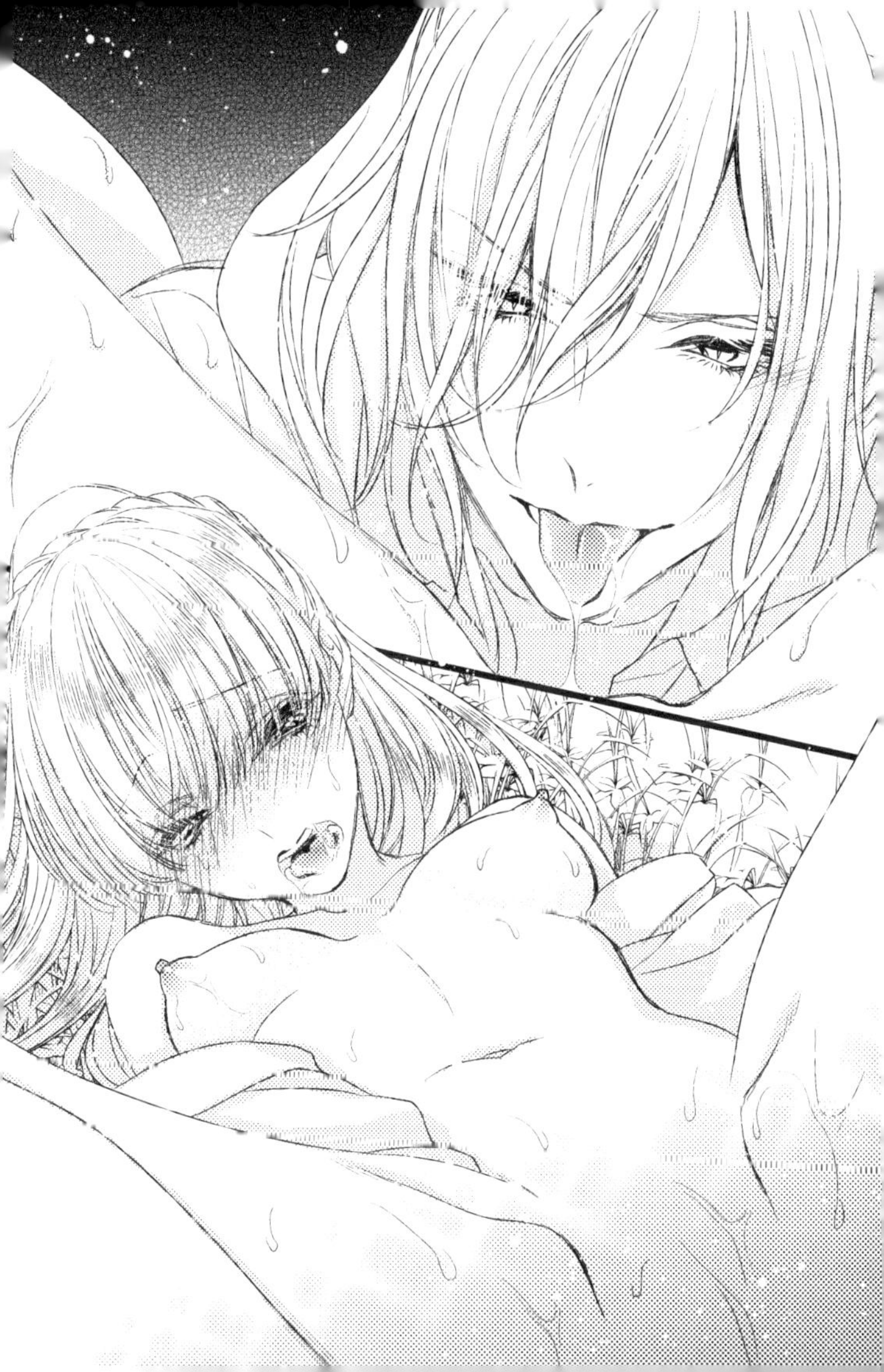

体液が甘いはずがない。そんな分かり切った道理に、けれどエリクは至極当然のように否定する。

「あなたの身体から出るものは、すべて甘いよ」

言い切り、エリクがぐぅっと舌を膣に押し込んだ。

舌とはいえ、体内にエリクを迎え入れる刺激に、アマーリエは高い嬌声を上げた。

「ぁ、あ、エリク……！　エリク！」

叫ぶアマーリエに応えるように、エリクはアマーリエの中心に齧りつく。歯で膨れ上がった粒を引っ掻かれ、鋭い痛みは甘い快楽となって、火矢のようにアマーリエの全身を貫いた。

「あああああ……！」

腰を持ち上げられた体勢のまま、背を弓形にして、アマーリエは達した。

痛みと背中合わせの快楽は、怖いくらいにあっという間にアマーリエを取り込んだ。

どくどくと全身に駆け巡る血潮がうるさい。

ゆっくりと弛緩する身体を、エリクがそっと叢に戻す。

「アマーリエ……」

エリクが身を屈め、覆い被さってくる。こめかみに伝った生理的な涙を舐め取り、顔中に小さなキスを降らせる。

その間も、エリクの両手がアマーリエの膝裏を持って、脚を大きく開かせたままだ。

未だ蜜を吐き出してひくひくと震えるその場所に、ひたりと熱い塊が宛てがわれる。

「挿れるよ」

懇願するようにエリクが呟き、アマーリエは微笑んだ。

両手を広げ、エリクの頭を掻き抱く。

「来て」

即答に、エリクがまた泣きそうに微笑した。とても幸せそうな微笑みだった。

同じだけの幸福が胸いっぱいに広がり、それを目に焼きつけた瞬間、ずん、とエリクが一気に入って来た。

「ぁああ……！」

太い傘の部分で急速に押し開かれ、アマーリエはその強い快感に再び達した。

自分の肉が、きゅうきゅうと中のエリクを引き絞るのを感じる。

「ぅ、あああっ、アマー、リエっ……！」

苦しげにエリクが唸る。けれど、愉悦に支配された身体は、更に蠢いてエリクを攻め立てる。

「くっ……アマーリエっ」

堪らないとばかりにエリクが腰を振り始める。

「は、あ、ぁあ、ひ、ああああ」

ずん、ずん、と速い動作で最奥を突かれ、アマーリエは揺さぶられるがままに啼いた。

達したばかりの身に追い打ちをかけるように強い刺激を与えられ、何も考えられない。ただ与えられるエリクの肉を、ひたすらに受け入れ、包み込み、呑み込みたかった。

「ぁあ、あ、ああ……エ、リク……エリク」

その広い背に腕を回してしがみついているのに、アマーリエは浮かされるように何度も名を呼ぶ。

穿たれるたび、痛みともつかない鈍い快感が、脳を蕩かしていく。血と肉が、エリクの楔でどんどんと熱を持ち、沸騰する。

粘膜と粘膜が絡み合い、融合していく。

エリクと、自分。その境目が曖昧になる。

噴き出す汗に、ズルリと手が滑った。性急なエリクの動きに吹き飛ばされたくなくて、もう一度しがみつこうとするのに、快楽に萎えた腕の筋肉では手は滑るばかりだ。

「エリク……エリク！」

怯えたような声にエリクが動きを止め、アマーリエの手を取り口づける。

「ここにいる。アマーリエ、私はここにいる」

「もっと……もっと、傍に来て。お願い、もっとくっつきたい」

半ば錯乱していたのかもしれない。

これ以上はないという深い場所で繋げ合っているというのに、アマーリエは駄々を捏ねるように言った。

エリクは分かっている、とでも言いたげに微笑んで、アマーリエの首と腰に手を差し入れ、そのままぐい、と身を起こした。繋がったまま、子供のようにエリクの膝の上に抱き上げられ、目の前に火花が散った。

「ぁああっ」

ずちゅん、と今までよりもずっと深くエリクが入り込む。

「ああ……」

エリクが恍惚の溜め息を吐く。

「こ、これ……だめぇ……！」

アマーリエの泣き言にフ、と笑みを漏らしながら、エリクが言った。

「だが、これならばくっついていられるだろう」

確かに、この体勢ならばより抱きつきやすい。けれども中にいるエリクの圧迫感が凄まじい。ぐう、と内臓を抉られるようだ。エリクの陽根の付け根は太く、慣れないアマーリエの入口は、ぎちぎちと目一杯に開かれている。これでもかと言うように腫れ上がった陽根は、己の形を覚えさせるかのように、容赦なくアマーリエの肉襞を追い詰める。

「は……奥に、当たる」

「ぁあ……」

ぐりぐりと弄るように、自分の子宮の入口を、エリクの硬い切っ先が捏ねる。

「私の……先端に、あなたの最奥の口が吸いついている。っ……そんな、絞らないで

「……」

そんなことを言われても、とアマーリエは涙目でふるふると首を振った。

身の内側をエリクの熱い楔でじくじくと焼かれている。火傷しそうなほどのその熱を、アマーリエの身体は歓んでひとりでに蠕動する。

見えていないエリクの形をハッキリと感じ取れるほどに、襞が絡みついて蠢いているのが、自分でも分かった。

エリクが奥歯を嚙み締めたまま唸った。

「ああ、アマーリエ……！　だめだ、堪え切れない……！」

額に汗し、苦悶に美しい顔を歪めるエリクに、アマーリエは首を振って口づける。

堪えなくていい。

私たちは、ずっと堪えてきた。お互いを、喉から手が出るほど欲しながら。

エリクは渇いた獣が水を欲するように、アマーリエの唇にむしゃぶりつく。

「ああ、アマーリエ。どうか私を欲して。私を欲しいと言って」

貪るような口づけの最中、うわごとのように哀願するエリクに、アマーリエは同じくらいエリクを貪り、泣きながら答えた。

「欲しいわ。あなたが欲しい」

この身に、心に、あなたの身体を、魂を、刻みつけて。

「アマーリエッ」

エリクが吼えた。それと同時に、身の内の怒張が更に大きく膨らんだ。

――弾ける。

そう感じた瞬間、アマーリエは微笑み、目を閉じた。

――爆発する。私の中で。

そうだ。私を巻き込んで弾け飛んで、ぐちゃぐちゃになってしまえばいい。

どちらがどちらか分からなくなるまで混じり合って、一つになればいい。

――そうしたら、きっとまた生まれるから。

命を繋ぐとは、こういうことなのだ。

腑に落ちて目を開いた。その先には、透明な、金の双眸があった。

――猫の目。私の獣。

愉悦の訪れに耐えるその目は険しく眇められていたが、アマーリエの翡翠のそれと合った途端、柔らかく笑みが滲んだ。

「アマーリエ、愛している」

エリクが囁いて、中で爆ぜた。

びくびくと生き物のように跳ねるそれを感じながら、アマーリエはエリクを抱き締める腕に力を込めた。

――ああ、なんという幸福だろう。

こんなにも愛しい。こんなにも嬉しい。

この存在を手にすることができたなんて。
ひたひたと胸に満ちる泉のような幸福にアマーリエが微笑んだ時、エリクが口づけた。
互いの魂を、合わせた口から、繋がり合った場所から、交換し合うように。
もう二度と、離れることのないように。

7 つがい

一歩足を踏み入れれば、ギュイ、と床が軋んだ。

黴臭さと埃に思わず顔を顰めると、背後についてきた人物も同じように不快を感じたようで、憮然とした声がかかった。

「ここがその隠し部屋とやらか。随分と黴臭いな」

王が長身を屈めながら隠し部屋を覗き込んでいる。

「だから応接室でお待ちくださいと申し上げましたのに。もう何年も手入れされていない隠し部屋なのですから、黴臭くて当然でしょう」

呆れたような溜め息を吐くのは、英雄ギルベルトだ。王とギルベルトがニュンベルグに到着したのは、アマーリエに遅れて半日ほど経った頃だった。無理をさせたせいか、アマーリエは眠ってしまっていた。王はエリクの無事な姿を見ると、無言で抱擁し「お前には私を殺す権利がある」と言った。その一言で、エリクは『王殺し』である自分が赦され、そしてこの国から『血の壁』が消えたことが分かった。男三人はそれから多くを語り、謝罪し、赦し合った。そして秘密の始まりのこの隠し部屋へと足を運んだのだ。ギルベルトの言葉に王は嫌そうに鼻に皺を寄せる。

「件の隠し部屋だぞ？　この私が見ないでか！」

「子供のような好奇心は身を亡ぼしかねませんぞ」

「探究心と好奇心がなければ国は治められんと私に教えたのはどこのどいつだ」

「いかにも私ですな」

六年前から変わらないこの二人のやり取りに、エリクはクスリと笑みを漏らした。すると二人の会話がピタリと止んだので、訝しんでそちらに目をやれば、二人が目を丸くしてこちらを凝視していた。

「……なんですか」

「お前、そんなふうに笑うんだな」

「柔らかくなったものだ、エリク」

かたや心底驚いたと言いたげに、かたや微笑ましそうにそう言われ、エリクは居心地の悪さに顔を顰めた。

「憑き物が落ちたといった感じだな」

王の言葉に反論しようとして、しかし、とエリクは思い直す。

そのとおりかもしれない。白らの生い立ちに――『血の壁』に囚われ、雁字搦《がんじがら》めになっていた自分は、確かに何かに取り憑かれていたのかもしれない。

それはこの国の闇そのものであり、ここにいる王やギルベルトもまた、それに囚われていたのだろう。

六年前のあの時、すべてを封じ込めることで闇を消そうとした自分は、その先には己の死があると覚悟――いや、確信していた。なぜならば、封じ込めるには、己の死が最も確実な手段だったのだから。『血の壁』というこの国の闇そのものである自分は、いてはならない存在だから。本当ならば、自分はあの時に死んでいなければならなかった。

それができなかったのは、生きたかったからだ。

ずっと生きたかった。愛されたかった。愛したかった。

死にたくなかった。

いつだって、大声で叫びたかった。なぜ、どうして、と。

なぜ自分が、自分だけが、与えられない？　愛されない？　死ななくてはならない？

理不尽だった。すべてが憎かった。全部壊したかった。殺したかった。

だから、逃げた。死ぬ理由を、彼女に押しつけて。

自分に唯一、与えてくれた彼女に。

甘えたのだ。死ぬべき自分を、殺してほしかった。死ぬなら、憎んだ世界に殺されるのではなく、愛し愛されたアマーリエに殺されたかった。

死にたくなくて、けれど死なない理由を見つけられず、悔しくて、せめて憎んだこの世に一矢報いたいと、せめて誰かにこの爪痕を遺してやりたいと願った自分は、よりによって愛した彼女にその爪の矛先を向けた。

死を覚悟したあの夜、アマーリエを抱いたのは、彼女の中に宿ればいいと願ったから。『血の壁』の血は受け継がれにくい。あの歪に澱んだ村の中でさえ、猫の瞳を持つ『忌子』は滅多に生まれなかった。そして何より、あの村の人間自体、子供が生まれにくくなっていた。長年近親婚を繰り返してきた結果なのだろう。六年前、あの村の女が執拗に交合を求めてきたのも、もう子種を作れる若い男がエリクの他にいなかったためだ。

だから恐らく、『血の壁』とは無縁のアマーリエとの間には、『忌子』が産まれる可能性はほとんどないといっていいだろう。それどころか、自分には子供が持てる可能性も低いかもしれない。

それでも、己の血を引く子供――毒の血脈を……この国を殺す刃を遺せるなら、と思ってしまった。忌子がアマーリエの子として出ることはないだろうが、けれど自分との子が遺れば、その因子は遺される。『血の壁』は諸刃の剣だ。一つ間違えれば、その毒牙は王家を襲う。ヨアヒム・アウスレインがよい例だ。

『血の壁』を巡り、殺し合えばいい。そして国を壊してしまえばいい。

そう考えて、エリクは苦笑して否、と思う。

そうじゃない。それはただの言い訳だ。

――私はただ、一匹の雄として、アマーリエを望んだ。それだけだ。

アマーリエを抱きたかった。この腕に、一度だけでいい。

この世で誰よりもきれいで、愛しい、あの存在を、一度だけでいいから、自分だけのものにしたかった。

彼女に、覚えていてほしかった。

ずっと、ひとかけらでいいから、自分を愛していてほしかった。

そうしたら、もう死んでもいいと、そう思ったから。

自分の我が儘で振り回してきた。見捨てられても仕方ない。だが、死ぬつもりだった自分は、それでもいいとさえ思っていた。

時限爆弾の鍵を持たされたアマーリエは、けれどすべてを引っくり返して、彼を再び救い上げてくれた。

彼女自身の命を盾に、彼に生きる理由を与えてくれた。

生きたくて、ずっと叫び続けてきた獣に、死んでもいいから欲しいと思った、彼女自身を差し出して、生きろ、などと。

——飛びつくに決まっている。

エリクは微笑んだ。

「ええ。すべての呪縛を、アマーリエが解いてくれましたから」

その満面の笑みに、王と英雄は呆気に取られたように黙り込んだ。それから顔を見合わせ、深々と溜め息を吐く。

「憑き物が落ちたかと思えば、すぐさま惚気《のろけ》か」

「……分かっていたつもりでも、いかんせん我が娘のことですから、どうにも複雑な心境ですな」

苦虫を噛み潰したような表情で腕組みをするギルベルトに、エリクが笑顔のまま畳み掛ける。

「くださるのでしょう？　もっとも、返せと言われても、もう不可能ですが」

王の前での質問だ。誰よりも確かな証人となるだろう。それが分かっていてのエリクの質問に、ギルベルトは眉間に深い皺を作って、唸るように言った。

「私がだめだと言ったところで、あれはついて行ってしまうだろうよ」

それはそうだ、と噴き出したところで、ギルベルトが大きな手でグシャリとエリクの頭を撫でた。驚いて見上げれば、柔らかな眼差しとぶつかった。

「それに、しばらく家出していた放蕩息子が帰ってくるようなものだ。――改めて、我が息子となれ、エリク」

言葉を失ったのは、今度はエリクの方だった。

愛娘が拾ってきた孤児をあたたかく迎えてくれた人だった。息子と思っていてくれたのだろうか。あの頃も。

声が詰まり、掠れそうになる喉に必死で力を込めた。

ここで泣いてしまうのは、あまりに恰好がつかない。

「――はい。義父上」

辛うじてそれだけ答えると、ギルベルトは満足そうにニカッと笑った。応えるように笑ったエリクに、それまで黙っていた王が横から茶々を入れる。

「では私は、実父代わりとして、お前がニュンベルグに婿入りする際には、盛大な持参金を付けてやろう！　金の馬車がいいか？　それとも豪華な家財道具にするか？」

「やめてください」

まるで花嫁道具のような内容にすぐさま断りを入れれば、王がにやにやと笑いながら「では全部にしよう」と言い出した。

うんざりと王に白い目を向けながら、エリクは隠し部屋に置かれたライティングデスクにそっと触れた。

「もっと大きいと思っていました。この机も、この隠し部屋も」

ライティングデスクは子供用のように小さいし、部屋の天井を見上げれば、手を伸ばせば届くほどしかない。大人の男三人が入ってしまえば、圧迫感に息が詰まりそうなほどだ。

エリクの言葉に、ギルベルトが拳を握り、机の上に置く。コツリ、と硬質な音が響いた。

「ここは閉鎖しようと思っていたが、開放する方がいいのかもしれんな」

「開放ですか？」

エリクが尋ねれば、ギルベルトは頷いた。

「ああ。隠し部屋ではなく、ただの小部屋として。この邸の設計図も描き直そう。子供の喜ぶ本を集めておくのもいいかもしれん。すぐ孫たちが生まれるだろうから」

「孫……」

ギルベルトの孫――つまり、アマーリエと自分の子供であることを理解し、エリクは俯いた。自分は子供を作る能力が低いかもしれない、そう分かっていたから。

だがすぐに、再び頭をグシャリと掻き回される。

「未来はな、エリク。お前が思うよりもっと、望んでいいんだ。夢も、愛も、広がっていくものだ。多くを望んでいいんだ。返されるのは、望みのものだけではないかもしれないが、きっとお前が望む以上に、幸福がその手に返されるだろう。そんなものだ」

――そうだろうか。

今、これ以上に望むことなどないほど、幸福なのに。

これ以上の幸福など、この身に起こりうるのだろうか。

眩いほどの未来に、エリクは目を閉じて過去に想いを馳せる。

繋がれていた獣の子が、金の髪の少女に手を引かれて歩き出す。

二人は歩いて行く。ずっと手を繋いで。

その先は、きっと光に満ちているのだろう。

＊＊＊

「エリク！　早く早く！」

「アマーリエ、走らないで」

緋色のドレスの裾を翻して先を行く妻に、エリクは声をかける。

珍しいドレス姿は、今日行われる夏至祭の衣装だ。ニュンベルグの夏至祭では、女も男も太陽を表す赤を纏うのだ。

アマーリエも、相変わらずコルセットは苦手のようだが、あまり身を締めつけない簡易なものを使い、今日のために仕立てた美しいドレスを身に纏っている。

アマーリエが嬉しそうに美しいドレスを着ているのは、見ていてとても好ましい。だが、着慣れないせいで、ドレスの裾を踏んで転びそうになるのはいただけない。

ハラハラしながら足早にアマーリエに追いつけば、当の本人はニコニコとこちらを振り返った。

「だって、早く行かなくちゃ、夏至祭の踊りに間に合わないわ！」

昼が最も長くなるこの日に、領民たちは豊作を願って酒を飲み、一張羅《いっちょうら》を着て踊るのだ。

領主であるギルベルトは主賓として既に祭りに参加している。

だが――。

エリクはアマーリエの喜々とした表情に嫌な予感がして眉根を寄せた。

「アマーリエ。あなたまさか、踊りに参加するつもりじゃないだろうね？」

夫の硬い声色に、アマーリエはキョトンと目を丸くした。

「当たり前じゃない。毎年踊っているのに」

悪びれもしない妻に、エリクは深い溜め息を吐いた。

水害を起こす悪神を打ち破るという内容の夏至祭の踊りは、かなり荒っぽい。激しいステップを踏み、更には無礼講で皆酔っぱらっているので、踊りながらの乱闘騒ぎも少なくない。

「これまではそうだったかもしれないが、あなたは今、普通の身体ではないだろう？」

諭すようにそう言えば、今度はアマーリエが眉根を寄せた。

「私は軍人よ。そんなに軟弱じゃないわ」

「あなたは、ね。だがあなたのお腹の中にいる私の子は、まだ軍人じゃない」

エリクがまだ平らな妻の腹に手を当ててそう言えば、アマーリエは少し唇を尖らせたものの、肩を竦めて頷いた。

「確かに」

納得してくれた妻の腰を抱いて引き寄せ、エリクはその頬にキスをする。

「私としては、せっかくのあなたのそのかわいいドレス姿を、誰にも見せたくはないのだけど」

独占欲丸出しの夫の台詞に、アマーリエはあら、と眉を上げた。

「私のドレス姿が好きなら、毎日でも着てあげるのに」

意外なその発言に、エリクは驚いて目を瞬く。

「ドレスは嫌いなのかと思っていた」

「嫌いじゃないわ。ちょっと動きづらいのには困るけど、きれいな服を着るのは好きだもの。男物の服を着ていたのは、辺境伯として、一人でも立たなければと思っていたから。今はもう一人で背負わなくていいでしょう？　あなたがいるもの」

そう言うとエリクを見て微笑み、身を預けるようにして抱きついてきた。

湧き起こる幸福感に浸りながら、エリクも微笑んでその華奢な身を抱き寄せた。

自分たちは半身だ。

エリクの運命をアマーリエが担い切り拓いてくれたように、エリクもまた、アマーリエの運命を担うのだ。

二人はどちらからともなく口づける。

そうできることがどれほど稀有で幸福なことかを実感しながら。

あとがき

　こんにちは。春日部《かすかべ》こみとです。この本を手に取ってくださってありがとうございます。

　唐突《とうとつ》ですが、私は『対《つい》になるもの』が好きです。

　靴《くつ》、天秤《てんびん》、空と海、火と水、日、肺、膵臓《すいぞう》といった二つある臓器、太陽と月、表裏、鏡の中の自分、女雛・男雛、補色、対義語、双生児――どれもすごく心が沸き立ってしまうものばかり。お気づきの方もいらっしゃるかと思いますが、私の作品によく双生児が登場するのはこんな理由です。前回書かせていただいたソーニャ文庫さんの作品でも、ヒーローが二卵性双生児という設定でした。

　そして今回取り入れた『対』要素は、『つがい』。勿論《もちろん》ヒーローとヒロインが、です。けれどただ単に主役二人がラブラブ、というのでは、ソーニャ文庫さんのテーマである『歪んだ愛は美しい』には辿《たど》り着かないと思ったので、そこは歪んだ要素を入れました。

　どんなふうな歪みなのかは、読んでくださった皆さまが感じとってくださったもの、とだけ書いておきます。

　今回のヒーロー・エリクとヒロイン・アマーリエは、同じでありながら対極にある者、ということを意識して書いています。

あまり語るとネタバレになってしまうので、内容に関するお話はここまでにしますが、設定上、ずいぶんと苦難の道を行くことになった彼らの物語を楽しんでいただければ、これ以上の幸いはありません。

イラストを描いてくださった旭炬《あさひこ》先生。
私の「こんな感じ」という漠然《ばくぜん》としたイメージを、想像を超える美麗なイラストにしてくださり、ありがとうございました！
特にエリクがもう、筆舌に尽くしがたいほど……！　美しいだけでなく、彼の『歪み』を如実に表現してくださっていて、本当に感動いたしました！

担当のＹさま。
遅筆な上、無駄話ばかりしてしまう私に根気よくお付き合いくださり、そしてご指導くださって、本当にありがとうございました。Ｙさまがいなければ、この物語も書き切ることはできなかったと思います。

そして、ここまで読んでくださった皆さまに、心からの愛と感謝を込めて。

春日部こみと

Sonya
ソーニャ文庫

この本を読んでのご意見・ご感想をお待ちしております。

◆ あて先 ◆

〒101-0051
東京都千代田区神田神保町2-4-7 久月神田ビル7階
㈱イースト・プレス　ソーニャ文庫編集部
春日部こみと先生／旭炬先生

致《ち》死《し》量《りょう》の恋《れん》情《じょう》

2015年9月5日　第1刷発行

著　者　春日部《かすかべ》こみと
イラスト　旭炬《あさひこ》
装　丁　imagejack.inc
D T P　松井和彌
編　集　安本千恵子
発行人　堅田浩二
発行所　株式会社イースト・プレス
〒101-0051
東京都千代田区神田神保町2-4-7 久月神田ビル8階
TEL 03-5213-4700　　FAX 03-5213-4701
印刷所　中央精版印刷株式会社

ISBN 978-4-7816-9561-7
定価はカバーに表示してあります。

Sonya ソーニャ文庫の本

『僕の可愛いセレーナ』　宇奈月香

イラスト　花岡美莉

Sonya ソーニャ文庫の本

『妄執の恋』 水月青

イラスト 芒其之一

Sonya ソーニャ文庫の本

『闇に飼われた王子』 桜井さくや

イラスト 涼河マコト